일본 근대소설사

HISTORY OF MODERN JAPANESE NOVEL

지은이

안도 히로시 安藤宏 Ando Hiroshi
도쿄대학교 대학원 인문사회계연구과 교수. 저서로『자의식의 쇼와문학사-현상으로서
의 '나'(自意識の昭和文学-現象としての「私」)』,『근대소설의 표현기구(近代小説の表
現機構)』,『'나'를 만들다-근대소설의 전략(「私」をつくる-近代小説の試み)』,『다자이
오사무론(太宰治論)』, 편서『일본소설 101(日本の小説101)』등이 있다.

옮긴이

손지연 孫知延 Son, Ji-youn
경희대학교 일본어학과 교수. 경희대 글로벌 류큐오키나와연구소 소장. 저서로『전후 오
키나와문학을 사유하는 방법-젠더, 에스닉, 그리고 내셔널 아이덴티티』,『냉전 아시아
와 오키나와라는 물음』(공편),『전후 동아시아 여성서사는 어떻게 만날까』(공편), 역서
『오시로 다쓰히로 문학선집』,『기억의 숲』,『오키나와와 조선의 틈새에서』,『오키나와 영
화론』,『슈리의 말』등이 있다.

일본 근대소설사

초판인쇄 2023년 5월 10일 **초판발행** 2023년 5월 15일
지은이 안도 히로시
옮긴이 손지연
펴낸이 박성모 **펴낸곳** 소명출판 **출판등록** 제1998-000017호
주소 서울시 서초구 사임당로 14길 15 서광빌딩 2층
전화 02-585-7840 **팩스** 02-585-7848
전자우편 somyungbooks@daum.net **홈페이지** www.somyong.co.kr

값 19,000원 ⓒ 소명출판, 2023
ISBN 979-11-5905-784-7 93830

일본 근대 소설사

日本近代小説史

HISTORY OF MODERN JAPANESE NOVEL

안도 히로시 지음
손지연 옮김

일러두기

1. 일본어를 한글로 표기할 때 기본적으로 문교부(현, 문화체육관광부)의 '외래어표기법'을 따랐다.
2. 한자어 표기는 일본에서 사용하는 글자체로 통일하였다.
3. 인명, 지명 등의 고유명사는 원문을 병기하고 일본어 발음으로 표기하였다. 단, 작품명이나 잡지명은 가독성을 높이기 위해 한국어 발음으로 표기한 경우도 있다.(예: 『청탑(青踏)』, 『문학계(文学界)』 등)
4. 2020년 중앙공론신사에서 간행된 『일본 근대소설사』(신장판)를 번역 저본으로 삼았다.

이 책은 일본 근대소설의 역사를 알기 쉽게 설명한 개설서이다. 노야마 가세이野山嘉正 교수와 함께 집필한 방송대학 교재『근대일본문학』가운데 저자가 담당한 근대 파트에 쇼와 50년대1975~84 내용을 새로 추가해 집필했다.

지금까지 일본 근대소설에 관한 책들은 무수히 많이 간행되었지만, 서술방식이 구태의연하고 오래되었거나 절판되어 쉽게 구하기 어려운 실정이다. 이것은 곧 일본 근대소설의 흐름을 알기 쉽게 풀어쓴 책이 없다는 의미이기도 하다. 굳이 이유를 찾자면 오늘날 문학의 인기가 시들해진 데다 대학 문학부 개편 움직임에서 보듯 문학을 문화 전반으로 확장해 사유하는 분위기로 바뀌었기 때문일 것이다. 이러한 분위기를 탓하려는 것은 아니지만, 그럼에도 불구하고 백여 년을 이어온 일본 근대소설의 역사가 사람들의 관심 밖으로 밀려나게 된 것은 유감이 아닐 수 없다.

이 책을 집필하면서 염두에 둔 것은, 장대한 일본 근대소설사를 간결하면서 정확하게 기술하는 것, 그리고 소설 원문을 가능한 많이 소개하는 것이었다. 짧은 인용이지만 당대 소설에 감응하고 작가의 표현에 흠뻑 빠져드는 사이 우리는 또 다른 일본문학의 풍요로운 역사 안으로 발을 들여놓게 될 것이다.

모쪼록 이 책에 수록된 일본 근대 명작들을 통해 그동안 개별적인 '점'으로 존재했던 사실들이 '선'이 되고, 그 '선'이 다시금 '면'이 되어 가는 신비로운 경험을 하게 되길 기대한다.

차례

제1장

문명개화와
'문학'이라는 개념의 변화

계몽 논설과 게사쿠 문학

번역소설과 정치소설

'소설'과 노벨novel

후타바테이 시메이의 고투

우리가 흔히 사용하는 근대소설이라는 개념은 언제부터 사용되었을까? 그 기원은 쓰보우치 쇼요坪内逍遥에서 찾을 수 있다. 그는 『소설신수小説神髓』1885~86에서 서양의 노벨novel이라는 단어를 '소설'이라고 번역한 바 있다. 그리고 그 기원을 조금 더 거슬러 올라가 보면 중국 송대의 백화白話소설과도 관련이 있다. 백화소설은 패사稗史소설[1]이라고 해서 이른바 속물적으로 치부되었는데, 근세 게사쿠戱作 작가들은 이 용어를 적극적으로 차용해 스스로를 비하하기도 하고, 정사正史에서 다루기 어려운 내용을 표현함으로써 오히려 자부심을 느끼기도 했다. 근대 이후의 '소설'이라는 개념은 이렇듯 닌조본人情本, 곳케이본滑稽本 등의 게사쿠 작품과 계몽적 성향의 정치소설, 그리고 서양의 번역소설 등이 복잡하게 뒤섞이면서 서서히 정착해 간다.

---

1   민간에 떠도는 이야기를 주제로 한 소설.

1. 계몽 논설과 게사쿠 문학

메이지 시대의 문학은 기왕의 전통문화와 서양문명이 강하게 부딪히면서 시작되었다. 문명개화를 움직인 것은 근대과학에 기댄 어마어마한 물질문명의 힘이며, 역사가 시대와 함께 진보한다는 것을 믿어 의심치 않는 철저한 공리주의였다. 메이지 초기의 신문명을 들여오는 데 앞장선 이들은 후쿠자와 유키치福沢諭吉, 가토 히로유키加藤弘之, 니시 아마네西周 등 메이로쿠샤明六社[2] 출신 계몽사상가들이었다. 본래 '문학'이라는 용어는 학문과 예술 영역을 아우르는 넓은 의미로 사용되었다. 그들은 한학과 유학에 교양이 깊었으며, '사회社会'와 '자유自由'와 같은 일본식 한자를 만드는 일, 즉 외래에서 건너온 사상을 한자어로 바꾸고, 서양문명을 '번역'하는 역할을 담당했다. 후쿠자와 유키치는 『학문을 권함学問のすゝめ』1872~76에서 "하늘은 사람 위에 사람을 만들지 아니하고, 사람 밑에 사람을 만들지 아니한다"라는 사민평등 정신을 설파하는 한편, 와카和歌를 읊을 시간이 있으면 재봉을 배울 것을 권했다. 그의 사상은 근대합리주의이면서 철저한 실용주의였다. 그런데 물질의

2　1873년(메이지 6)에 설립된 개명파 양학자들의 문화단체. 모임 이름은 메이지 6년이라는 뜻의 '메이지 로쿠넨'에서 가져왔다. 기관지 『메이로쿠 잡지』를 간행해 활발한 계몽운동을 펼쳤다.

빠른 속도에 인간의 정신이 따라가지 못했다. 그렇게 '소설'의 역사는 계몽기 논설 시대를 거쳐 '문학'이 예술의 한 장르로 정착하게 되고, 공리주의의 안티테제 역할을 짊어지게 된다. 이른바 위로부터의 계몽이었다.

다른 한편에서는, 쓸모없는 것으로 폄하되던 게사쿠, 교카狂歌 등 반反공리주의 문학이 서민들 사이에서 면면히 명맥을 이어갔다. 『동해만유東海道中膝栗毛』를 비롯한 에도 후기 게사쿠 작품들은 메이지 20년대1887~96에 이르기까지 서민들의 꾸준한 사랑을 받았다. 시대 분위기가 바뀜에 따라 소설 내용에도 변화가 일었다. 가나가키 로분仮名垣魯文은 메이지 초기의 도쿄를 배경으로 문명개화를 익살스럽게 묘사해 큰 인기를 끌었다. 가나가키 로분의 출세작에 다키자와 바킨滝沢馬琴의 추천사가 실렸는데, 이 글은 바킨이 세상을 떠나기 전, 그러니까 메이지가 시작되기 20년 전에 쓴 것이다. 에도와 메이지를 이어주는 중요한 가교역할을 게사쿠가 담당한 셈이다.

가나가키 로분의 대표작으로 『서양만유西洋道中膝栗毛』1870~76와 『(소고기 전골집 잡담) 아구라나베安愚楽鍋』1871를 꼽을 수 있다. 『서양만유』는 제목에서 보듯 짓펜샤 잇쿠十返舎一九의 『동해만유』를 패러디한 것이다. 메이지 세상을 살아가는 야지로 베에弥次郎兵衛와 기타하치喜多八가 영국 박람회 구경에 나섰다가 여러 난관에 봉착하게 되는 이야기를 담고 있다. 서양에 대한 묘사가 매우 구체적인

데 정작 로분은 일본 밖을 나가 본 적이 없다고 한다. 『서양만유』
는 후쿠자와 유키치의 『서양사정西洋事情』1866~70과 『서양여행안내西洋
旅案内』를 이리저리 짜깁기한 작품이다. 이를 로분은 숨기려 하기는
커녕 당당하게 드러내고 있다. "게사쿠와 게세이傾城 : 유녀[遊女]는 거
짓이 진실이며, 진실이 거짓이다"라는 로분의 글귀는 게사쿠의 본
질을 잘 보여주며, 사실과 허구 사이를 넘나드는 글쓰기를 즐기며
'허'를 피하고 '진실'을 추구하는 사실주의로 경도되어 간 지카마
쓰 몬자에몽近松門左衛門의 '허실피막虚実皮膜'[3]을 상기시킨다. 이것은
이후의 근대문학이 상실한 가능성이기도 하다.

게사쿠의 또 하나의 특징으로 풍자를 꼽을 수 있다. 『아구라나
베』는 표피적 근대에 물든 중년 남성의 모습을 생동감 있게 묘사
한다. 밤낮없이 비누로 머리를 감아낸 덕에 장발의 머리에서는 늘
오데코롱 향수 내음이 풍기며, 가짜 금으로 된 손목시계를 자랑하
고 싶어 안달난 남자다. 당시 신풍속인 소고기를 넣어 끓인 전골
을 먹고, 서양식 복장을 하고 도쿄 이곳저곳을 배회하는 사람들.
즉 피상적인 개화에 대한 비판의식을 드러낸 것이다.

나루시마 류호쿠成島柳北의 『류쿄신시柳橋新誌』1874는 한문투의 게
사쿠 작품으로, 막부 시대에 외국 봉행 등의 요직을 두루 거치며

---

3   지카마쓰의 예술론이 피력된 조루리(浄瑠璃) 주석서 『나니와 미야게(難波土産)』에
     서 사용한 말. 예술은 실과 허의 피막 사이에 있다는 의미.

잘 나가던 인물이 유신 이후 재야에 묻혀 『조야^{朝野}신문』을 만들고
삿쵸^{薩長 : 사쓰마·조슈} 정부 비판에 몰두하는 이야기를 담고 있다. 번벌
^{藩閥 : 메이지 유신을 주도하면서 형성된 특권 세력} 정부와 수박 겉핥기식 개화에 대
한 통렬한 풍자가 돋보이는데, 예컨대 예기들 이름 하나하나를 영
어로 번역해 보이며 우쭐하는 서생의 모습이 그것이다.

  기생 오타케^{阿竹}라는 이름은 영어로 뭐라고 부르냐고 물었다. 밤부
^{蛮浦, Bamboo}라고 부른다고 대답했다. 오우메^{阿梅}는 영어로 뭐라고 부르
냐고 물었다. 플럼^{Plum}이라고 대답해 주었다. 오토리^{阿鳥}는 영어로 뭐
라고 부르냐고 물었다. 버드^{Bird}. 오초^{阿蝶}는 영어로 뭐라고 부르냐고

물었다. 체필チェービル, Chapel[4]이라고 대답해 주었다. 메아리마냥 바로 바로 대답해 주었다. 기생 미사키치美左吉는 영어로 뭐라고 부르냐고 물었다. 서생은 점점 곤혹스러워졌다. 이마에 흐른 땀을 닦으며 "내 오늘은 사전을 가지고 오지 않았으니, 다음에 일영사전을 들고 와서 자네들 질문에 모두 답해 주겠네"라고 말해주었다.

그런데 곧이어 풍자가 어려운 시대가 찾아온다. 1872년 메이지 정부는 학문과 예술을 국체 선양의 수단으로 삼는 이른바 「3조 교헌三条の教憲」을 발포하는데, 이에 부응하여 로분을 비롯한 게사쿠 작가들은 '저작의 길著作道書上げ'1872이라는 성명을 내고 '불식자不識 者'를 이끄는 게사쿠를 쓰겠다는 결의를 표명한다. 이 선언은 게사 쿠 특유의 재미를 포기하겠다는 일종의 자살행위였다. 얼마 안 있 어 게사쿠는 침체기에 접어든다.

게사쿠가 다시 부흥하는 것은 출판 미디어 시장에 변화의 바람 이 불던 메이지 10년대1877~86의 일이다. 서민들을 독자층으로 한 '소小신문'이 대대적으로 보급되기 시작한 시기이기도 하다. 지식 인을 독자층으로 하는 '대大신문'이 한문과 일본어가 섞인 화한혼

---

4   [옮긴이] 이 단어는 이시바시 마사카타(石橋政方)가 1861년에 집필한 『영어전(英語箋)』(1861卷一) 39쪽에 등장한다. 하지만 밤부(Bamboo), 플럼(Plum), 버드(Bird) 등과 달리 Chapel이라는 스펠링은 지금 영어사전에서는 찾아볼 수 없다.

一、書生入ニ學校ニ頗ル通ズ英語ニ一夕飲ミ柳光亭ニ上リ與ニ妓言フ

半バ用ニ英語ヲ妓曰ク郎君獨リ識ル英語ヲ奴輩不ズ解セ是レ甚ダ無シ趣

願クハ教ヘヨ奴ニ以テ英語ヲ書生意甚ダ得タリ曰ク卿才子卿才子若シ學バント

之ヲ數月必ズ為サン大家僕於テ英語ニ無シ所不ル通ゼ不ス知ラ卿欲スル所

學ブニ以テ奴之名ヲ書生曰ク妙々妓問フ阿竹ト曰ク蠻蒲ト問フ阿

教フルニ以テ奴輩之名ヲ書生曰ク妙々妓問フ阿竹ト曰ク蠻蒲ト問フ阿

梅ト曰ク啵嗽ト問フ阿鳥ト曰ク弗得ト問フ阿蝶ト曰ク洒字應答如シ響

妓又問フ美佐吉ト書生俛首シテ百考不ス得又問フ阿茶羅ト書

生益困ス拭フ汗ヲ於テ其額ニ曰ク今者僕不ス携ヘ辭書ヲ近日將ニ懷ニ

英語ノ箋一部ヲ来リテ以テ答ヘン卿等百般之問ニ上

『류쿄신시』 제2편, 1874.2

효문和漢混淆文이라면, '소신문'은 언문일치체로 가독성을 높였고, 삽화 등 그림 이미지도 풍부하게 실었다. 1874년에 창간된 『요미우리読売신문』, 1879년에 창간된 『아사히朝日신문』 등도 '소신문'에 해당한다. 그 외에도 1875년에 창간된 가나가키 로분을 주필로 하는 『가나요미仮名読신문』과 다카바타케 란센高畠藍泉[三世柳亭種彦]을 주필로 하는 『히라가나그림平仮名絵入신문』 등 '소신문' 관계자 상당수가 게사쿠 작가였다.

실제 사건을 취재해 각색한 신작 게사쿠 연재물은 상당한 인기를 구가했다. 가장 인기를 끌었던 것은 사이고 다카모리西鄕隆盛의 전설[5]을 다룬 '세이난西南 전쟁물'과 악녀를 다룬 '독부毒婦물'이었다. '독부물' 가운데 오카모토 기센岡本起泉의 『요아라시 오키누의 한낮의 덧없는 꿈夜嵐阿衣花廼仇夢』1878[6], 가나가키 로분의 『다카하시 오덴 야차담高橋阿伝夜叉譚』1879 등이 있다. 로분의 작품은 다카하시 오덴이라는 여성이 돈을 노리고 남자를 살해한 실제 사건1876을 바탕으로 한 것이다.

또한, 목판 화장和裝본에서 서양 활자로 된 양장본으로 바뀜에 따

---

5   사쓰마번 출신 무사로 에도 막부를 타도하고 메이지 유신을 성공으로 이끈 사이고 다카모리가 죽지 않고 살아서 필리핀과 러시아에서 맹활약한다는 내용의 영웅전설.

6   [옮긴이] 막부 말기, 사채업자 고바야시(小林)의 첩이던 예기 하라다 기누(原田きぬ)가 가부키 배우와 사랑에 빠져 고바야시를 독살한 실제 사건. 이후 이 사건은 여러 작품의 모티프가 되었다.

라 출판 부수가 비약적으로 늘어난 것도 게사쿠 부흥에 한몫했다. 신작 게사쿠와 함께 바킨의 『난소 사토미 팔견전南総里見八犬伝』으로 대표되는 독본 번각도 활발하게 전개되었고, 출판계의 변화에 발맞춰 게사쿠의 내용뿐만 아니라 문체에도 근대화의 바람이 불었다. 쓰보우치 쇼요의 '개량' 시도 이면에는 이러한 분위기가 자리한다.

2. 번역소설과 정치소설

실학을 존중하는 기풍 탓에 메이로쿠샤 동인들은 대체로 문학작품 번역은 중시하지 않았다. 그런데 메이지 유신 이후 10년이 흐르면서 서양소설 번역이 눈에 띄게 증가했고, 폭넓은 독자층을 확보하게 되었다. 공상과학소설과 당시 '서양인정人情소설'이라고 불

『(신설) 80일간의 세계일주』, 1878~80

리던 연애소설이 그것이다. 그 가운데 가장 널리 읽혔던 것은 프랑스 출신 SF 작가 쥘 베른Jules Verne의 작품으로 가와시마 주노스케川島忠之助가 번역한 『(신설) 80일간의 세계일주(新説)八十日間世界一周』1878~80와 이노우에 쓰토무井上勤가 번역한 『(97시 20분간) 달나

라 여행(九十七時二十分間) 月世界旅行』1880~81 등이다. 문명개화 세상을 살아가는 서민들이 근대과학에 품은 소박한 꿈이 묘사되고 있다.

인정소설 가운데 가장 인기가 많았던 것은 영국의 소설가 리튼 경Edward George Bulwer Lytton의 작품을 니와 준이치로丹羽純一郎가 번역한 『화류춘화花柳春話』1878~79이다. 다음은 주인공 멀트레이버스가 연인 엘리스에게 헤어지자는 말을 꺼내자 엘리스가 충격으로 의식을 잃는 장면이다.

멀트레이버스는 재빨리 일어나 엘리스가 있는 곳으로 달려갔다. 그녀를 끌어안고 애타게 이름을 부르며, "이제 헤어지자고 하지 않겠소"라고 말한다. 오른손으로 엘리스의 왼손을 잡고 왼쪽 어깨에 엘리스의 머리를 기대게 하고 입안에 차가운 물을 머금고는 그녀의 빨간 입술 안으로 흘려 넣는다. 그러자 엘리스는 희미하게 눈을 뜨고는 가녀리고 아름다운 손을 뻗어 멀트레이버스의 목 언저리를 끌어안으며 눈을 정면으로 응시한다. 멀트레이버스는 속삭이듯 이렇게 말했다. "나는 진정으로 당신을 사랑하오. 그런데 어떻게 헤어질 수 있단 말이오."

흥미로운 것은 두 가지 문체를 구분해 사용하고 있는 점이다. 흔히 연애를 묘사할 때 인정본 문체를 사용하기 마련인데, 서양 상류사회의 연애 장면만큼은 게사쿠 문체가 아닌 한문훈독체를

사용했다. 이는 격조를 높이는 동시에 이국정취를 연출하기 위한 전략이라고 볼 수 있다. 서양문화를 들여올 때 한자의 영향은 상당했는데, 예컨대 전통문화와 서양을 매개하는 역할도 그중 하나다. 모리 오가이森鷗外의 『독일일기独逸日記』에는, 이국의 새로운 풍물을 이해하고 그것을 누구보다 열심히 한자어로 바꾸려는 동시대 지식인의 모습이 엿보인다. 일반 서민도 이와 크게 다르지 않았다. 친밀함과 위화감이 공존하는 한문훈독체는 이국정서를 표현하기에 더없이 좋은 문체였던 것이다.

　　참고로 『화류춘화』는 『어니스트 멀트레이버스*Ernest Maltravers*』1837와 『엘리스*Alice, or the Mysteries*』1838 두 작품을 모티프로 한 것으로, 당시에는 이런 방식의 번역 작품을 어렵지 않게 찾아볼 수 있었다. 이른바 의역이라든가 다이제스트판이 횡행했고, 이들 작품을 '호걸역豪傑

訳'이라고 부르기도 했다. 셰익스피어의 『베니스의 상인』*The Merchant Of Venice*』을 번역한 『인육담보재판人肉質入裁判』 이노우에 쓰토무(井上勤) 역, 1883, 『아라비안나이트*A Thousand and One Nights*』를 번역한 『폭야 이야기暴夜物語』 1875 등도 이에 해당하며, 『암굴왕岩窟王』 원작은 듀마의 『몬테크리스토 백작(*The Count of Monte Cristo*)』처럼 오늘날까지 제목에 그 흔적을 남기고 있는 경우도 있다. '호걸역'은 의역을 한 탓인지 문화의 차이를 발견하는 재미가 쏠쏠하다. 번역의 차이라든가 번역을 건너뛴 부분 등을 눈여겨보면, 종교나 개인주의사상, 경국제민사상 등 다양한 문화적 차이를 엿볼 수 있다. 이러한 간극을 메우기 위해 일본어 자체를 바꾸려는 시도를 한다. 오늘날의 소설 문체를 구성하는 시제라든가 인칭은 모두 이 시기의 번역 문체에서 영향받은 것이다. 참고로 의역에서 벗어나기까지는 메이지 20년대1887~96 모리타 시켄森田思軒[7]의 등장을 기다려야 한다. 언문일치체가 시도되고 '근대소설' 문체가 성립되어 가는 시기와도 맞물려 있다.

정치소설은 자유민권운동을 배경으로 등장했다. 당대 운동가들이 서민을 대상으로 민권사상을 설파하는 데 목적을 두었다. 여러 제도가 정비되기 시작하는 1881년메이지 14에 「국회개설의 조国会開設の詔」가 발표되고 운동은 사실상 해체기로 접어들었다. 미야자

7　번역가이자 신문기자. 빅토르 위고의 작품을 번역해 명성을 날렸다. 정확하고 격조 높은 번역을 일컬어 '시켄조(思軒調)'라고 부르기도 했다.

키 무류宮崎夢柳의 『(허무당 실전기) 귀추추鬼啾啾』1884~89는 러시아 황제의 암살을 노리는 허무당원들을 주인공으로 하고 있는데, 가바산加波山 사건[8]이나 지치부秩父 사건 등 자유당 좌파의 무장봉기, 탄압 사건과도 관련이 있다.

정치소설이 유행하게 된 데에는 서양 여러 나라와의 불평등조약 개정을 둘러싼 반정부 운동 확산이 자리하며, 로쿠메이킨鹿鳴館으로 상징되는 구화주의 정책에 대한 반동으로 국권신장을 앞세운 내셔널리즘의 영향도 있을 수 있다. 다만, 이것은 훗날의 편협한 국수주의와는 조금 성격이 다르다. 즉, 독자적인 국제성 — 피아彼我의 이질성을 인정하는 동시에 그것을 넘어서려는 지향 — 을 내포하고 있었다. 예컨대, 야노 류케이矢野龍渓의 『경국미담経国美談』1883~84[9]은 고대 그리스 테베를 무대로 한 장편 역사소설로 스파르타 전제정치와 투쟁하는 민주주의자들의 활약상과 민권운동의 나아가야 할 방향성을 그리고 있다. 그리스 역사를 바탕으로 하며 『난소 사토미 팔견전』[10]과 중국 『수호전』의 영향도 강하게 보인

---

8 [옮긴이] 가바산 사건은 급진적 자유당 당원이 이바라키(茨城)현 가바산을 거점으로 일으킨 반정부운동을 일컬으며, 지치부 사건은 사이타마(埼玉)현 지치부군 농민들이 부채 감면 등을 요구하며 일으킨 무장봉기 사건을 말한다. 모두 1884년의 일이다.

9 국가를 다스리고 인민을 구제한다는 경국제민사상 색채가 농후한 소설.

10 에도시대를 대표하는 다키자와 바킨의 장편 전기(伝奇)소설. 무로마치(室町)시대를 배경으로 하여 팔견사(八犬士)라는 젊은이들의 모험이 펼쳐진다. 수호전의 영향을 받은 것으로 알려져 있다.

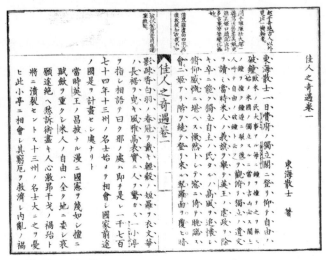

『가인의 기우』, 1885~97

다. 근세의 작품 경향을 답습하면서 하나의 작품 안에 다양한 배경을 가진 문화가 어우러져 있다. 도카이 산시東海散士의 『가인의 기우佳人之奇遇』1885~97 역시 여주인공이 독립운동 투사와 우연히 만나 독립에 대한 열정을 토로하는 장면에서 시작된다. 일본인과 아일랜드인, 스페인 사람이 미국에서 만났을 때 과연 어떤 언어로 대화를 나누었을까. 여주인공을 중국 황실 미녀로 묘사하는 장면 역시 한문훈독체를 사용했다. 또한, 여주인공은 피아노가 아닌 거문고를 타며, 프랑스 국가를 합창하는 장면은 한시로 표현했다. 이기묘하다고 하면 기묘한 분위기, 이질적인 문화나 관습을 하나로 묶어내는 역할을 한문훈독체가 맡았던 셈이다.

스에히로 뎃초末広鉄腸의 『설중매雪中梅』1886와 같이 게사쿠 문체로 쓴 정치소설도 뒤이어 등장하는데, 정치소설은 대개 한문훈독체로 기술하고 있으며 번역소설과도 깊은 관련을 갖는다.

야노 류케이는 입헌개진당 중심 멤버였고, 스에히로 뎃초는 제1회 중의원 의원에 당선되어 정치가로 활동했다. 이들은 정치와 문학을 분리해서 생각하지 않고 계몽주의적이고 공리주의적인 문학관으로 승화시켜 갔으며, 여기에 낭만적 상상력까지 갖추고 있었다. 예컨대, 야노 류케이의 『우키시로 이야기浮城物語』1890는 서양의 식민지지배와 투쟁하는 지사들의 활약상을 그린 해양모험소설이다. 남해를 항해하던 중 만난 해적들을 물리치고, 그들의 배를 빼앗아 우키시로함이라 명명하고, 최신 과학병기를 사용해 남양에서 서양 함대와 싸우는 내용이다. 다음은 해전이 펼쳐지는 장면을 묘사한 것이다.

총리는 우렁찬 목소리로 장교들에게 외쳤다. "보라. 저 함대는 세계열강이 가장 용감하다고 인정한 영국 전함이 아닌가. 지금 우리가 해상의 무력을 시험할 때가 왔다. 제군이여 모두 떨쳐 일어나 용감하게 싸우라. 저들이 선형船形 대포로 우리를 겨눈다 해도 우리에게는 뇌탄벽력탄이라는 강력한 무기가 있다. 저들의 속력은 빠르다고 해도 14노트를 넘지 않는다. 우리 배는 20노트의 속력을 낼 수 있다. 병기로는 우리의 승산이 점쳐지고 있다. 만약 지금 이 전함을 한 방에 격파하면 벽안로碧眼奴의 간담은 서늘해질 것이다.

서양인을 폄하하는 '벽안로'라는 표현을 사용한 데에서 조약개
정운동으로 불거진 국권확장사상을 엿볼 수 있다. 정치소설가들
이 주장한 '웅후절대雄厚絶大'한 문학이란 바로 이러한 사회 분위기
속에서 등장했다.

3. '소설'과 노벨novel

쓰보우치 쇼요는 『소설신수』에서, '소설'은 단순한 '패사'가 아니
라 그 자체로 예술의 한 장르라는 것, 권선징악과 같이 특정한 도덕
관에 구애되지 않고 자율적인 가치를 가지며, 황당무계함을 배격하
고 인간의 심리 '모사模写'를 중시해야 한다고 주장했다. 쇼요는 자신
이 어렸을 때부터 친숙하게 접해왔던 게사쿠를 새로운 시대에 맞게
개량하는 것을 목표로 했다. 당시 지식인들 대부분은 진화론의 영
향을 받아 이른바 진보사관에 입각한 서양문학사를 기술했다. 서양
은 그 무렵, 낭만주의에서 자연주의로, 로망스에서 노벨로 변화하
는 역사적 과도기에 있었다. 그렇기 때문에 쇼요는 노벨을 보다 진
화한 소설 형태로 바라보았으며, 그 결과 '소설'이라는 용어는 로망

『(일독삼탄) 당대서생기질』 제1호(1885) 삽화

스가 아닌 노벨의 번역어가 되었다.

　　그 실험작인 『(일독삼탄) 당대서생기질(一読三嘆) 当世書生気質』1885~86을 본명이 아닌 필명으로 내놓은 것에서 이 작품을 기왕의 게사쿠의 연장선상에 자리매김하려는 작가의 의도를 엿볼 수 있다(『소설신수』는 '문학사 쓰보우치 이사무 장저文学士坪内勇蔵著'라는 필명으로, 『당대서생기질』은 '하루노야 오보로 선생 장저春のやおぼろ先生戯著'로 각각 다르게 표기했다). 서생 고마치다 산지와 그의 소꿉친구였던 예기 다노지가 우연히 만나 연인 사이가 되는데, 이 사실이 학교에까지 알려져 교장에게 불려간다. 고마치다가 다노지와 헤어지기로 결심하는 다음 장면은 이 소설의 하이라이트다.

　　지혜가 얕은 범인의 몸으로는 이를 어찌할 도리가 없소. 경험은 지식의 어머니. 실패는 각오의 문. 아아, 다노지. 나의 몸과 당신의 몸은 나의 허술한 가공벽架空癖의 unfortunate vicitm불편한 희생이 될 것이오. 지금 당장은 원망이 크겠지만 결국은 당신에게 행운이 될 것이오. 또 나를 위한 행운이 될 것이오. pardon me부디 용서해 주오. 이렇게 고마치다는 혼자 묻고 대답한다. 영어가 섞인 혼잣말로 속삭인다.

"지금 당장은 원망이 크겠지만 결국은 당신에게 행운이 될 것이오"라는 제멋대로의 논리에 우연에 우연이 겹치며 소설은 절정에 달한다. 사회와의 대결을 통해 다른 누구도 아닌 자기 자신이 자각해야 함을 깨닫는 중요한 장면에서 주인공은 스스로를 방기해 버린다. '내면'을 토로하는 장면을 영어가 섞인 문체로 표현한 것은 상징하는 바가 크다. 앞서 『류쿄신시』에서 젠체하며 영어를 구사했던 젊은이의 모습과 흡사하다. "소설의 주안은 인정이다. 세태풍속은 그다음이다"라는 그 유명한 『소설신수』의 문구에도 나타나듯, '인정' 즉 내면 안으로 파고 들어가지 못한 채 '세태풍속' '모사'에 그침으로써 쇼요의 '소설'은 좌절되었다. 이후 『부부의 규범妹と背かゞみ』1885~86[11]과 『아내細君』1889를 거치며 부부의 내면

---

11 [옮긴이] 순탄치 않은 두 쌍의 부부 이야기. 제목의 여동생(妹)은 아내를 가리키고, 등(背)은 남편을 은유한다. 가가미(かゞみ)는 거울이라는 뜻도 있지만 여기서는 모범, 규범이라는 뜻으로 번역했다.

심리에 다가간 묘사를 피로하지만 이들 작품을 끝으로 붓을 꺾었다. 쇼요는 직접 관찰하지 못한 것은 묘사할 수 없다고 말하는 등 '모사'에 대한 미련을 버리지 못하고 독자적인 사회성이 엿보이는 『미래의 꿈未來之夢』1886을 집필하기도 했으나 그 가능성을 펼쳐 보이지 못하고 끝나버렸다.

4. 후타바테이 시메이의 고투

쇼요의 '모사' 이념을 비판적으로 계승해 실질적인 근대소설의 창시자라는 평가를 받게 된 이는 후타바테이 시메이二葉亭四迷였다. 현실을 충실하게 담아낸다고 해서 '소설'이 되는 것은 아니다. 이 점을 간파한 후타바테이는 쇼요의 『소설신수』에 촉발되어 『소설총론小說總論』1886을 집필하는데, 여기서 "모사라는 것은 실상實相을 빌려 허상虛相을 그려내는 것"이라는 이론을 주창했다. 쇼요가 주장한 '모사'의 한계를 비판적으로 넘어서려는 시도인 것이다. 그의 문학관은 외국어학교 노어과 재학 당시 러시아문학을 통해서 형성되었다. 러시아의 문예비평가 벨린스키Vissarion G. Belinskii의 관념론적 미학의 영향을 받아 작가의 이데idée, 허상를 어떻게 작품에 반영할 수 있을지 고심했다. 그의 데뷔작 『뜬구름浮雲』을 통해 이 시

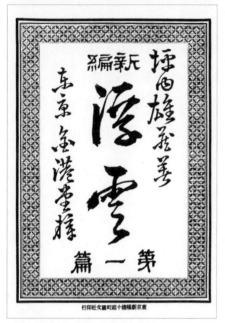

『뜬구름』제1편
(저자명은 쓰보우치 쇼요의 이름을 빌려 쓰고 있다.)

기의 '소설'이 안고 있는 문제점이 무엇인지 알아보자.

『뜬구름』의 주인공 우쓰미 분조는 입신출세한 공무원관리이다. 숙부 소노다 마고베 집에서 하숙을 하고 있으며, 숙부의 딸 오세이와는 암묵적으로 결혼을 약속한 사이다. 그런데 인원 감축으로 다니던 직장에서 갑작스럽게 해고를 당하고, 그 이후부터 숙모 오마사의 태도가 차갑게 돌변한다. 분조의 라이벌 혼다 노보루는 처세술에 능한 사람으로 오세이에게 친근하게 접근한다. 오세이도 노보루에게 호감을 보이기 시작하자 분조의 초조함은 극에 달한다. 여기서 소설은 막을 내린다.『뜬구름』제1편은 1887년에, 제2편은 이듬해에 간행되었으며, 제3편은 1889년에 잡지『도시의 꽃都の花』[12]에 게재되었다. 발표 시기가 다른 탓일까. 제3편은 같은 작품이라고 생각되지 않을 만큼 표현이나 문체가 다르다.

---

12   메이지 20년대(1888~93년까지 간행)를 대표하는 문예지. 야마다 비묘가 편집을 주도했다.

이러한 시행착오는 그 자체로 근대소설 탄생을 위한 산고였다.

그렇다면 소설 속 화자는 주인공 분조와 얼마만큼의 거리를 두고 있을까?

제1편의 화자는 독자를 향해 "쉿, 발소리가 들린다"고 속삭이며 독자로 하여금 작중 인물들의 대화에 집중하게 한다. 게사쿠 색채가 강하게 풍긴다.

오세이가 사숙에서 집으로 돌아왔을 때부터 분조는 의식하지 못했지만 마음 안에 벌레가 꿈틀대고 있었다. 그러나 그때만 해도 아직 작아서 자리를 차지하지 않았고, 방해는커녕 그것이 꿈틀댈 때마다 온 세상이 다 내 것만 같았다. 이승에서 극락정토로 왕생하는 느낌이랄까. 싱그러운 초목과 따사로운 바람이 부는 봄날, 이불을 깔고 누워 점점 작아져 가는 등에 소리를 들으며 몰려오는 졸음에 비몽사몽, 깜빡깜빡. 어떤 말로도 표현이 안 되는 기분 좋은 느낌이었는데 벌레란 놈이 어느샌가 너무 커져 버려 '어떻게 된 거지' 하고 어리둥절하던 것도 잠시, 아 글쎄 '곁에 두고 싶은 뱀' 마냥 스물스물 기어 다니고 있는 게 아닌가…… 무정하기라도 하면, 애초에 먹을 만한 '먹이'가 없었다면 뱀이란 놈도 굶어 죽었으련만. 애꿎은 꽃잎만 떨구는 어설픈 장마처럼 내리는 것도 아니고 아니 내리는 것도 아니니, 뱀이란 놈도 이러지도 저러지도 못하고 애끓는 고통으로 몸부림칠 뿐이었다.

분조가 오세이에게 사랑의 감정을 느끼는 장면이다. 사랑의 감정을 벌레에 비유하는 등 표피적인 묘사에 머물며 분조의 내면에 파고들지 못하고 있음을 알 수 있다. 그런데 이야기는 제2편 중반부터 큰 변화를 보인다.

면전에 두고 시건방지게 "괜히 오기로 그러는 거라면 적당히 하지"라고 노보루는 말했다.

오기라, 오기라, 누가 오기를 부린다는 건가. 도대체 뭘 가지고 오기를 부린다는 건지.

일도 대충대충, 할 줄 아는 거라곤 과장 안색이나 살피고, 억지로 꾸며낸 웃음에 아첨 아부가 전부. 납죽 엎드려 네발로 설설 기며 구걸해서 겨우 타낸 삼십오 엔의 자혜금에 빌붙어 있는 주제에…… 결코 영예롭지 않은 일. 누가 와서 빌어도 분조는 그런 비굴한 짓은 하지 않을 것이다. 그런데 노보루는 어떤가. 오마사처럼 어리석고 무식한 여자가 치켜세워 주니 뭐라도 된 마냥 우쭐한 모습이라니. 게다가 청렴한 분조의 모습을 시기하는 것도 모자라 억지 부리는 거라고 억측해대질 않나. 많고 많은 사람 중에 하필이면 오세이 앞에서 "괜히 오기로 그러는 거라면 적당히 하지"라는 말 따위나 해대고.

분하다. 화가 나서 참을 수가 없다. 나한테 한 말은 그렇다 쳐도 오세이가 보는 앞에서 그런 모욕을 당했다는 사실이 분할 따름이다.

지금까지 남 이야기하듯 시니컬한 태도로 일관하던 화자가 갑자기 분조와 함께 분노하기 시작한다. 분조의 내면묘사에 온통 집중되다가 제3편부터 다시 객관적 시점으로 돌아간다.

오세이는 실로 경망스럽고 가벼운 여자다. 그래도 경망스럽지 않은 자가 경망스러운 행동을 하려고 해도 하지 못하는 것처럼 경망스러운 자가 경망스러운 행동을 하지 않으리라 마음먹어도 좀처럼 그리되지 않는 법이다. 경망스럽다고 스스로 인정하는 자조차 그러한데, 하물며 오세이처럼 아직 자신을 잘 모르는, 죄 없는 처녀가 자신의 성격을 극복하지 못하는 것도 무리는 아니다. 만약 오세이를 진정으로 꾸짖을 자가 있다면, 학문도 있고 지식도 있으면서 경박하지 않은, 예를 들자면 분조 같은 사람이라면?(얼씨구 분조 같은 사람이라는 건또 무슨 말일까?)

남 말할 때가 아니다. 오세이도 그렇지만 분조도 잘한 건 없다.

이 제3편이 가장 언문일치체에 가까우며 객관성도 확보하고 있다고 할 수 있다. 그런데 분조의 내면묘사가 뛰어난 것으로 제2편을 꼽고 있는 것을 보면 오늘날의 평가는 조금 다른 듯하다. 모든 인물을 전지전능하게 묘사하느냐, 주인공 한 명에게 밀착해서 묘사하느냐의 문제인데, 전자의 경우 객관성은 담보되겠지만, 내면 심리를 섬세히 포착하려면 주인공 입장에 서야 한다. 아울러 화자가 등장인물 비평에 어디까지 개입하느냐의 문제도 있는데『작가고심담(作家苦心談)』, 1897, 앞의 인용문처럼 화자가 그 판단을 전면에 내세울수록 자연스러운 '사실事實'은 불가능하게 된다.

이것은『뜬구름』만의 문제가 아니라 객관적 시점을 갖기 어려운, 일본 산문 장르가 안고 있는 태생적인 문제이기도 하다. 후타바테이가 그 후로 오랫동안 문단에서 멀어지게 되는 과정은 곧 등장인물의 내면을 어떻게 언문일치 문체로 묘사할 것인가를 둘러싼 근대소설의 기나긴 고투의 과정이기도 하다.

후타바테이 시메이

메이지 중기의 소설 문체

메이지 초기부터 메이지 40년¹⁹⁰⁷을 전후해 일본어 문장은 미증유의 변혁기를 맞이한다. 오늘날 '문체'라는 용어는 작가 특유의 글쓰기 스타일이라는 의미로 사용되는 경우가 많은데 당시에는 한문체, 일본어체, 구어체 등을 얼마만큼의 비율로 섞어 새로운 문장을 탄생시킬 것인가 하는 작가 개인의 창의적인 글쓰기를 의미했다. 언어는 세계를 나누는 지표가 되기도 하며, 한문체나 일본어체가 아니면 표현하기 어려운 고유의 세계를 갖기도 한다. 그런 의미에서 '문체'는 이질적인 세계관이 갈등하고 충돌하는 장이자, '소설'이라는 장르를 어떻게 새롭게 자리매김할 것인가를 둘러싼 작가의 소신이 드러나는 행위이기도 했다.

1. 언문일치의 좌절과 모리 오가이의 등장

후타바테이 시메이가 『뜬구름』에서 '언문일치'를 시도한 것은 일상의 내면 심리를 '모사'하는 데에 일상의 언어가 꼭 필요했기 때문이다. 물론 '언言'과 '문文'이 완전하게 일치하는 것은 있을 수 없기에 언문일치는 역사적으로는 기성 규범을 타파하는 문장개혁 운동으로 나타나기 마련이었다. 그러나 '언'과 '문'의 거리가 멀리 떨어져 있던 시대였기 때문에 혼란은 극에 달했다. 설령 구어속어로 쓰는 것이 가능하다고 해도 구어만으로는 문장이 되지 않았다 (후타바테이가 『뜬구름』을 집필할 때 참조한 것은 산유테이 엔초[三遊亭円朝]의 구술 필기본이었다고 한다).[1] 아울러 경어체를 사용하지 않은 구어문으로 문장을 쓸 경우, 독자들에게 실례가 되지 않을까 하는 고민이 컸다고 한다. 이른바 '속俗'된 것으로 간주되었던 구어체로 소설을 쓰는 것은 당시로서는 매우 큰 모험이었다. 예컨대 메이지 시대 최고의 베스트셀러였던 오자키 고요尾崎紅葉의 『금색야차金色夜叉』 1897~02에서도 등장인물의 대화를 큰따옴표 안에 넣어 구어체로 표현했고, 지문은 격조를 중시하는 문어체를 적절히 섞었다. 이렇게

---

1   『나의 언문일치의 유래(余が言文一致の由来)』(1906). 메이지 초기 다구사리 고
     키(田鎖綱紀)가 서양 속기술을 일본어에 적용했고, 그 제자들이 산유테이 엔초
     (三遊亭円朝)의 강담(講談)속기를 만들었다.

볼 때 소설에서 '언문일치'가 일반화되는 것은 메이지 30년대 후반부터라고 할 수 있다. 시대를 너무 앞서간 탓에『뜬구름』의 좌절은 이미 예고된 것이었을지 모른다.

그러나 언문일치만 제대로 구현하면 소설의 '근대화'가 달성된 것이라고 단순하게 평가해서는 안 된다. 예컨대 독일 유학에서 귀국해『무희舞姬』[1890],『덧없는 기록うたかたの記』[1890],『편지 배달文づかひ』[1891] 3부작으로 화려하게 문단 데뷔한 모리 오가이는 당시의 '언문일치' 분위기에 편승하기보다 독자적인 아문체雅文体를 새롭게 고안하는 길을 택했다. 주인공 오타 도요타로가 독일에서 일본으로 귀국하는 배 안에서 수기를 쓰기 시작하는데, 당시의 심경은『무희』의 시작 부분에서 엿볼 수 있다.

동쪽으로 돌아가고 있는 지금의 나는, 서쪽을 향해 항해하던 예전의 내가 아니다. 학문 역시 한참 멀었지만, 세상의 괴로움도 알게 되었고, 사람의 마음도 믿을 것이 못 되는 것은 물론이요, 나와 내 마음조차 변하기 쉽다는 것을 깨달을 뿐이다. 어제는 옳았으나 오늘은 그르다고 느끼는, 그 순간적인 감촉을 글로 적는다 한들 누구에게 보여줄 수 있을까. 이것이 일기를 쓰지 못하는 이유인 걸까. 그렇지 않다, 필시 다른 이유가 있을 것이다.

모리 오가이 유학 시절

일본어에 한시를 배치해 격조 높은 리듬을 만들어 내고 있다. 주인공 오타 도요타로는 독일 유학 중에 엘리스라는 여성과 사랑에 빠지는데 처음은 출세를 포기하고 사랑을 택하려 하지만, 결국은 엘리스를 버리고 국가의 부름을 받아 귀국길에 오른다. "나의 도요타로여, 이렇게 나를 배신하는 건가요"라는 엘리스의 절규는 아마도 독일어로 발화되었을 테지만, 우리들 독자는 기이하게도 일본문학의 한 획을 긋는 모노가타리物語 문학의 계보를 잇는 비련의 이미지를 떠올린다.

도요타로가 독일로 건너간 지 얼마 되지 않았을 때, "수동적이고 기계적 인간이라는 사실을 깨닫고 (…중략…) 깊숙이 침잠해 버린 내가 겨우 밖으로 나가 어제까지의 나와 다른 나를 살아가게 되었다"고 회상하는 장면이 등장하는데, 이를 두고 주인공 도요타로가 '진정한 나'근대적 자아를 각성하게 된 것이라고 해석해 왔다. 그런데 결말에 이르기까지 도요타로는 자신이 나아가야 할 길에 대해 아무런 결단을 내리지 못한다. 이것을 과연 어떻게 바라봐야 할까? 도요타로는 중요한 장면마다 인사불성에 빠져버린다. 뒷수습은 늘 아이자와 겐키치라는 친구가 도맡았다. '국가'를 택하느냐, '연애'를 택하느냐의 기로에서 주인공 도요타로의 주체적인 판단은 유보되었다. 제국 헌법[2]이 발포되기 전, 즉 '국민국가'라는 개념이 아직 완전하게 형성되지 못했던 것처럼 '진정한 나'라는 것도 어디에서 찾아야 할지 몰랐다. 도요타로는 '사랑'을 예감하지만, 결과적으로는 아무것도 자각하지 못한 채 그저 운명의 장난에 농락당할 뿐이었다.

"나와 내 마음조차 변하기 쉽다는 것을 깨달을 뿐이다"라는 도요타로의 내면의 목소리는 곧 그의 삶의 본질을 꿰뚫은 고백이기도 했다.

오가이의 초기 3부작은 모두 비련을 테마로 한다. 자신의 자리를 찾지 못하고 떠도는 부평초 같은 감각을 '미완의 사랑'에 기대어 표현했다. 현실에서의 단념과 이루어질 수 없는 꿈, 이 두 가지를 끌어내야 했다. 그것은 『무희』를 언문일치가 아닌 아문체로 쓸 수밖에 없었던 이유이기도 하다.

2 　대일본제국헌법 발포는 1889년(메이지 22) 2월 11일. 소설 속 배경은 발포되기 전이다.

2. 겐유샤와 고요·로한 시대

쓰보우치 쇼요와 후타바테이 시메이의 뒤를 이어 시대의 전면에 나선 이는 오자키 고요와 그를 중심으로 한 문학 동인 겐유샤硯友社였다. 겐유샤는 1885년메이지 18에 고요와 야마다 비묘山田美妙를 중심으로 결성되었으며, 동인지『가라쿠타 문고我楽多文庫』를 발행했다. 이를 계기로 드디어 본격적인 '문단'의 출발을 알리게 된다. 이시바시 시안石橋思案, 마루오카 규카丸岡九華, 이와야 사자나미巖谷小波, 히로쓰 류로広津柳浪, 가와카미 비잔川上眉山, 에미 스이인江見水陰 등이 활약했고, 이즈미 교카泉鏡花, 도쿠다 슈세이德田秋声, 다야마 가타이田山花袋 등이 뒤이어 합류하면서 막강한 문단 시대가 열린다.

『두 비구니의 참회록二人比丘尼 色懺悔』1889으로 데뷔한 오자키 고요는 뒤이어 내놓은『향베개伽羅枕』1890로 일약 인기작가로 부상했다. 『향베개』에는 기구한 운명을 살아가는 유녀의 일대기를 그린 이하라 사이카쿠井原西鶴의『호색일대녀好色一代女』의 영향이 짙게 보인다. 두 작품의 이야기가 시작되는 부분을 비교해 보자.

또다시 여자 이야기. 교토는 유녀의 명소. 그 가운데 으뜸은 기온과 시마바라. 계절마다 개화를 알리는 스물네 번의 바람이 불고, 천자만홍千紫万紅의 꽃동산을 이루니 동쪽 오랑캐들도 그만 색에 취해 저마다 노래 한 곡조씩. 두툼한 손으로 부채 장단을 맞추니 마음은 노곤노곤. 가모가와 강물에 칼날도 무뎌지니 참으로 기묘하도다. 손거울이라도 빌려 비춰보소. 나이 들어 머리에 서리까지 내렸건만 아직도 유곽 출입이라니. 이것도 교제라고 떠들어대니 이름 한번 잘도 갖다 붙이는구나…….

『향베개』

예로부터 미녀는 명을 끊게 하는 도끼라고 했다. 마음의 꽃이 지고, 어젯밤 피운 모닥불 신세가 되는 것은 그 누구도 피해갈 수 없는 법. 그러나 예기치 못한 내일의 폭풍처럼 어리석게도 사랑에 빠져 꽃다운 나이에 세상을 등졌네. 그 씨앗은 아직 피워보지도 못한 채.

정월 이레, 도읍의 서쪽 사가로 향하는 길. 매화꽃이 하나둘 꽃망울을 터트리는 무르익은 봄날의 우메즈 강가에 옷섶을 풀어헤친 아름다운 사내들의 모습은 온데간데없고, 어이하나 사랑의 매를 맞고 갈 곳 잃은 창백한 얼굴들을…….

『호색일대녀』

문장이 나뉘는 지점을 비롯해 모방 흔적이 역력하다. 막말 게사쿠보다 훨씬 더 오래전에 쓰인 사이카쿠의 작품이 오히려 사실적인 묘사에 뛰어난 것으로 보인다. 급격한 구화주의에 대한 반동으로 전통문화를 재조명하는 분위기와 함께 '사이카쿠 부흥' 혹은 '의擬고전주의'가 자리하고 있는 것도 간과해서는 안 된다. 오자키 고요의 작품세계를 관통하는 것은 미문美文이었다. 아울러 구성의 기발함과 탁월한 기교를 통해 등장인물의 '정情'에 초점을 맞추는 것이 그들이 지향한 소설관이었다. 일상을 살아가는 근대인의 내면 심리를 예리하게 파고 들어간 후타바테이 시메이의 『뜬구름』과는 완전히 배치되는 것이었다. 또한, 국자國字개량 등 국가가 주도하여 표준화를 꾀한 '언문일치'에 이의를 제기하는 이른바 전통문화의 부활이라는 의미도 내포되어 있었다. 이렇게 다양한 역사적 맥락을 시야에 넣지 않고는 '근대소설'이 성립하지 않는다는 경고성 메시지이기도 하다.

그렇다고 겐유샤 동인 모두가 사이카쿠를 모방한 것은 아니다. 고요와 함께 겐유샤를 이끌었던 야마다 비묘는 언문일치체 소설 『무사시노武蔵野』1887로 인기작가의 반열에 올랐다. 헤이케平家 가문의 단노우라壇ノ浦의 비극을 테마로 한 『나비蝴蝶』1889는 주인공의 나체 삽화가 화제가 되며 큰 반향을 불러일으켰다. 다음은 그 한 장면이다.

서쪽 산에 걸쳐 이십삼일에 뜬 새벽달, 조금 전까지 내린 오월의 장마에 씻긴 맑은 얼굴. 화장이 다 지워지지 않아 구름 행주로 군데군데 닦아내야 합니다. 깊은 밤, 이때가 '아름다움'의 원소이고, 산골,

이곳이 '아름다움'의 근원입니다. (…중략…) 그 모습으로 말할 것 같으면, 가을 겨울의 쓸쓸함은 '탄식하는 쓸쓸함'이고, 봄 여름의 쓸쓸함은 '웃고 있는 쓸쓸함'입니다. 이 '웃고 있는' 한밤중의 쓸쓸함에 조용히 색을 더하는 사방의 적막. 그러고 보니 '자연'의 솜씨도 참으로 대단합니다.

야마다 비묘 특유의 문체로 알려진 '~입니다です', '~합니다ます'는 후타바테이 시메이의 언문일치체와 어깨를 나란히 한 선구적 실험이다. 『뜬구름』에서 구사하는 언문일치체는 등장인물의 일상적 심리를 묘사하는 데에 꼭 필요한 방법이었던 반면, 비묘의 그것은 의인법과 비유법으로 덧칠된 다소 낡은 느낌이었다. 그렇다고 해서 수사적 효과가 뛰어난 것도 아니었다. 당시 오자키 고요와 함께 문단 제일선에 섰던 비묘는 스캔들이 불거지는 등 여러 사정으로 인해 문단에서 자취를 감췄다. 비묘의 또 하나의 공적을 들자면, 상업성 문예지가 거의 없던 시기에 『도시의 꽃』을 간행해 신진작가들의 데뷔 무대를 마련했다는 것이다. 고요의 경우, 『요미우리신문』 문예란을 중심으로 활동했고, 거의 같은 시기에 슌요도春陽堂가 『신소설新小説』[3]을 창간해 '소설가'를 업으로 삼는 사람들

---

3   1889년 창간. 하쿠분칸(博文館)에서 간행한 『문예구락부』(1895년 창간)와 어깨를 나란히 하는 상업 문예지.

이 등장하기 시작했다. 오늘날 보는 근대적 출판 저널리즘의 형태가 만들어지게 된 것이다.

오자키 고요와 고다 로한幸田露伴은 이른바 '고로紅露 시대'라고 불리는, 메이지 20년대를 대표하는 작가들이다. 고다 로한은 『이슬방울방울露団々』1889로 문단 데뷔한 이래 『풍류불風流仏』1889로 인기작가가 되었다. 『해골과의 대면対髑髏』1890, 『일구검一口剣』1890, 『오중탑五重塔』1891~92 등의 명작을 남기며 문단에서 높은 평가를 받았다. 이하라 사이카쿠의 영향을 받아 인정과 풍속을 사실적으로 그린 오자키 고요와 달리 완고한 장인 기질과 예도를 갖춘 이상주의적인 남성상을 그리는 데 탁월한 능력을 보였다. 『풍류불』의 주인공은 슈운이라는 이름의 조각가로, 기소산木曽山에서 매춘을 하며 생계를 이어가는 소녀 오타쓰와 사랑에 빠진다. 그런데 오타쓰가 정부 고관의 숨겨둔 딸이라는 사실이 알려지면서 어느 날 홀연히 자취를 감춘다. 실연의 아픔을 달래기 위해 슈운은 오타쓰의 모습을 불상에 새겨넣는 일에 전념한다. 그러던 중 불상에 정기가 머물고 생동하기 시작하면서 슈운에게 구제의 길이 열린다. 『오중탑』은 속세와 담을 싼 순박한 목수 주베가 자신의 꿈을 이루기 위해 깊은 산중의 간노지感応寺를 찾아 오중탑을 세우는 일에 골몰한다는 내용이다. 마침내 오중탑 낙성식이 다가오는데 갑자기 거센 폭풍이 몰아친다. 다음은 이 소설에서 가장 빛나는 장면이다.

『나비』에 실린 삽화

긴 밤이 지나고 날이 밝자 에도 방방곡곡 남녀노소가 무시무시한 태풍에 놀라 겁에 질렸다. 덧문을 버팀목으로 단단히 단속하지 않은 탓에 집집마다 낭패가 이만저만이 아니다. 그 모습을 보고도 불쌍히 여기지 않는 비천야차왕飛天夜叉王 : 하늘을 관장하는 마왕. 격노한 듯한 사나운 비바람 소리, 비바람이여 인간을 두려워하지 말라, 인간이여 비바람을 두려워하라. 인간은 우리를 가벼이 여기고, 우리를 천대하며, 우리에게 마땅히 바쳐야 할 제물을 잊었다.

오자키 고요   고다 로한

이 소설의 배경에는 유교와 불교, 그리고 동양사상이 견고하게 자리한다. 물질만능주의로 치달아가는 근대문명에 대한 통절한 비판이기도 하다. 명나라 영락제를 주제로 한 전기『운명運命』1919, 역사적 인물을 고다 로한 특유의 원근법으로 그린『연환기連環記』

¹⁹⁴¹ 등 동시대 문단 유파와 일선을 긋는 웅대한 문학세계를 구축했다.『바쇼 7부집^{芭蕉七部集}』평석을 비롯해 중국 고전, 유학, 불교에 이르는 폭넓은 교양은 일본인으로 하여금 서구 근대문명을 상대화하고, 동양적인 '지^知'를 추구할 수 있게 했다.

3. 잡지『문학계』와 히구치 이치요의 시대

메이지 20년대 사상계는 시가 시게타카^{志賀重昂}, 스기우라 주고^{杉浦重剛}, 미야케 세쓰레이^{三宅雪嶺} 등 국수주의의 거점이 된 세이쿄샤^{政教社}와 독자적인 구화주의, 계몽주의의 길을 걸었던 도쿠토미 소호^{德富蘇峰}의 민유샤^{民友社}로 대표된다. 세이쿄샤는『일본인^{日本人}』,[4] 민유샤는『국민의 벗^{国民之友}』[5]이라는 잡지를 각각 간행했다.『국민의 벗』은 동시대를 대표하는 종합잡지로 특히 문예란이 유명했는데, 여기에 실린 소설을 빼놓고 당대 문학을 논할 수 없을 정도였다.

『국민의 벗』과 어깨를 나란히 하고 간행된 기독교 계열의 여성 계몽잡지『여학잡지^{女学雑誌}』[6]도 주목할 만하다. 이와모토 요시하루

---

[4] 1888~06년까지 간행됨. 대외강경책을 내걸고 막벌을 비판해 탄압받기도 했다.

[5] 1887~98년까지 간행됨. 평등을 이념으로 하며 평민주의를 표방했다.

[6] 1885~04년까지 간행됨. 호를 거듭할수록 문학적 색채가 강화되었다.

巖本善治가 주재했다. 1893년에는 『문학계文学界』[7]가 창간되었다. 이 잡지 역시 낭만주의 문학의 거점을 이루며 문단에 큰 영향을 미쳤다. 동인으로는 기타무라 도코쿠北村透谷, 시마자키 도손島崎藤村, 도가와 슈코쓰戸川秋骨, 바바 고초馬場孤蝶, 히라타 도쿠보쿠平田禿木, 호시노 덴치星野天知, 호시노 유에이星野夕影, 우에다 빈上田敏 등이 있으며, 이들 문인이 실제로 나누었던 우정과 교류 양상은 훗날 시마자키 도손의 소설 『봄春』1908에 자세하다. 『문학계』를 깊게 들여다보면 볼수록 오늘날 우리가 말하는 낭만주의와는 거리가 먼, 중세적 무상관이 깊게 침윤되어 있음을 알게 된다. 그것은 일종의 염세적 주정성主情性이자 현세의 질곡을 개탄하고, 현세에 존재하지 않는 세계로 도약하고자 하는 염원이었다. 그리고 그것은 무엇보다 '개인個'의 자각과 해방을 테제로 한 서양 낭만주의 사조와 변별된다. 그들 대부분은 기독교프로테스탄트의 영향을 강하게 받았는데, 종교적 토양이 너무도 이질적이어서 신앙을 이어가기 어려웠다. 그들에게 신앙이란, 영육이원론靈肉二元論을 출발점으로 한 형이상학적 세계를 동경하는 것이었고, 신앙은 그것을 이루는 수단에 불과했다.

메이지기 문학을 해독하는 키워드 중 하나로 '상相'과 '실實'을 들 수 있다. 근대소설 출발기에 쓰보우치 쇼요, 후타바테이 시메

---

7 1893~98년까지 간행됨. 메이지기 낭만주의 문예지.

이, 모리 오가이가 '작가의 관념^{이데아}'과 '현실의 모사'의 관계를 둘러싸고 논쟁을 벌였던 일을 다시금 떠올려 보자. 이 양자가 어떻게 하면 함께 실현될 수 있을지가 동시대 '소설'에 부과된 가장 큰 과제였다. 그리고 그것은 동시에 인정세태소설과 정치소설의 낭만을 어떻게 통합시켜갈 수 있을지, 더 나아가 언문일치체로 비현실적 환상세계를 어떻게 그려낼 수 있을지의 문제와도 관련이 있다. 당시 『문학계』를 주도해 간 것은 도코쿠의 평론이었는데, 거기에서 제출된 형이상학적 세계를 '소설'로 실현하는 일은 동인들 입장에서는 큰 부담이기도 했다. 도손이 그것과 거리를 두며 산문소설가로 방향을 틀기까지 10년 이상의 세월이 필요했던 이유이기도 하다.[8]

『문학계』를 통해 데뷔한 작가 중 첫 번째로 꼽는 것은 히구치 이치요^{樋口一葉}다. 히구치 이치요는 1896년 24세의 젊은 나이로 요절했는데, 그녀가 세상을 떠나기 14개월 전 발표한 『섣달그믐날^{大つごもり}』¹⁸⁹⁴은 그녀를 무명작가에서 벗어나게 해준 작품이다. 이후 『흐린 강^{にごりえ}』¹⁸⁹⁵, 『키재기^{たけくらべ}』¹⁸⁹⁶ 등을 연이어 발표했다. 짧은 기간에 명작을 남겼다는 의미에서 '기적의 14개월'이라고 불리

---

8 도손은 『문학계』에 청춘의 낭만을 서정적 문어체에 기대어 시로 발표했는데, 이 시들을 모아 『새싹집(若菜集)』(1897)을 펴냈다. 이후, 사실적인 산문 스케치를 시도하면서 자연주의 소설가로 자리매김해 갔다.

기도 하고, 일본문학사 최고最古의 고전으로 평가받는『겐지 이야기源氏物語』를 집필한 헤이안 시대의 여류 시인 무라사키 시키부紫式部에 빗대어 '이마 무라사키今紫 : 당대의 무라사키 시키부라는 뜻'라는 칭송을 받기도 했다.

이치요 문학의 진수는 원통함과 부조리함을 인식하는 데에서 찾을 수 있다. 그것은 대부분 가난과 신분의 차이에서 오는 엇갈림, 혹은 이루지 못할 사랑의 정념으로 나타난다. 여성들이 직면한 '부조리함'을 절절하게 그려낼 수 있었던 것은 이치요가 자신을 포함해 일본 사회 저변을 살아가는 이들의 고통을 외면하지 않았기 때문이다.

다음은『흐린 강』의 창부 오리키의 독백 장면이다.

히구치 이치요

할 수만 있다면 이대로 당나라든 인도든 아무도 모르는 저 먼 곳으로 떠나버리고 싶다. 아아, 싫다, 싫다, 싫다. 어떻게 하면 사람들의 목소리도 들리지 않고, 주변 소리도 들리지 않는, 조용한, 조용한, 내 마음이고 뭐고 내던져버리고 아무런 근심 걱정 없는 곳으로 갈 수 있을까. 시시하고 쓸데없고 재미없고 한심하고 슬프고 불안하다. 이렇게 심란하고 슬프고 외로운 기분에 나는 대체 언제까지 머물러야 하나. 평생을 이렇게 살아가야 한단 말인가. 평생을 이런 기분으로 살아가야 한다면, 아아, 싫다 싫다 (…중략…) 어차피 조상 대대로 내려오는 원한을 짊어지고 태어난 몸이니, 최선을 다해 살아가지 않으면 죽어도 죽는 게 아닐 터. 이런 나를 가여워하기는커녕 슬프다는 말이라도 꺼낼라치면 이내 장사하는 게 싫어서 그런 거냐는 말이 돌아오지. 그래, 어떻게 되든 상관없어, 될 대로 되라지.

자신과 주변 사람들이 불행에 빠질 수밖에 없는 것은 전생과 모종의 관련이 있으리라는 것을 표현하고 있다. 궁핍한 생활과 전생에서 벗어나고자 하는 정념과 갈등이 그녀의 삶을 송두리째 지배한다. 오리키는 무엇 하나 빠지지 않는 도모노스케라는 남자와 사랑에 빠진다. 그러나 운명의 장난인지 신의 질투인지, 오리키는 과거 자신을 염모하던 그러나 지금은 영락의 몸이 된 겐시치와 정사心中를 결행한다. 어느 날 아침, 두 사람의 사체가 발견되면서 소설은 막을 내린다. 그런데 정사를 결심하게 된 경위가 생략된 탓에 두 남녀의 죽음이 합의정사合意心中인지 무리정사無理心中인지를 둘러싸고 아직도 논의가 분분하다.

이치요 작품에 등장하는 남자들은 하나같이 변변치 못하며, 여자들은 모두 한을 품고 있다. 고위직 관리와 결혼한 오세키의 불행한 결혼생활을 그린 『십삼야十三夜』1895는 그 대표적 작품이다. 남편의 정서적 학대로 심신이 피폐해진 오세키는 어느 날 밤 친정 부모를 찾아가 눈물을 흘리며 이혼하겠다는 말을 꺼낸다. 그런데 남편 밑에서 일자리를 얻어 생활하는 남동생을 생각해서라도 이혼 생각은 접으라는 말이 돌아온다. 오세키는 번민 끝에 가정을 지키기로 마음을 다잡고 집으로 향한다. 그날 밤, 인력거를 타고 집으로 향하던 중 인력거꾼이 어릴 때 연모의 정을 품었던 로쿠노스케라는 것을 알게 되지만, 둘 사이에는 아무런 일도 일어나지 않는다. 오세키를 잊지 못하고 자포자기한 상태로 살아가던 로쿠노스케는, 그토록 그리던 오세키가 바로 눈앞에 나타났지만 아무런 내색도 하지 못하고 그저 인력거만 끌 뿐이었다. 로쿠노스케의 허무감은 이 소설의 가장 빛나는 부분이자 오세키의 한을 한층 더 부각시켜 보이는 장치로 기능한다.

대표작 『키재기』는 다이코쿠야大黒屋의 미도리와 류게지竜華寺의 신조의 사랑 이야기로, 서민들의 생활터전인 시타마치下町 세계를 아이들의 시선으로 그리고 있다. 그간의 문학사에서는 히구치 이치요 작품 중 서정성이 가장 풍부한 것으로 높이 평가해 왔다. 그런데 작가 사타 이네코佐多稲子가 이에 이의를 제기했다. 그간의 연구에서는 미도리가 다카시마다高島田:우아하고 화려한 올림머리로 한껏 치장하고 어두운 얼굴을 한 장면을 초경 의식으로 해석해 왔는데, 그보다는 창기 신고식으로 봐야 한다는 주장이다(미도리는 첫 손님을 받기 전 잔혹한 의식을 치룬 것으로 보인다). 만약 그렇다면 아이들의 세계를 풍부한 서정성으로 그린 것이 아니라, 그것을 무참히 밟아버린 가혹한 현실을 드러낸 것으로 읽어야 할 것이다. 완전히 상반된 평가가 흥미롭다. 현실 세계의 리얼리티와 현실에는 존재하지 않는 세계에 대한 동경. 이 둘 사이에 동시대의 '상'과 '실'이 관여하고 있을 것으로 보인다. 현실 세계의 질곡을 냉철하게 바라보면 볼수록 현실에는 존재하지 않는 세계에 대한 향수와 동경이 커지는 사태. 이렇게 『흐린 강』과 『키재기』는 오늘날까지 해석의 여지를 남기며, 독자들로 하여금 양극의 진폭을 그리고자 한 히구치 이치요의 진의를 계속해서 좇게 한다.

4. 이즈미 교카와 구니키다 돗포

청일전쟁1894~95으로 획득한 거액의 배상금으로 제1차 산업혁명이 가속화되었고, 자본주의의 확대로 빈부의 격차 및 사회적 모순이 노골화되었다. 마쓰바라 이와고로松原岩五郎의 『최암흑의 도쿄最暗

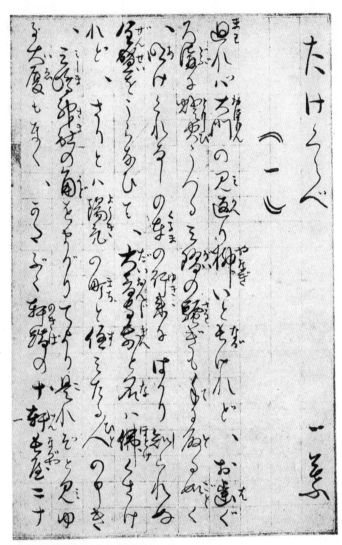

たけくらべ

（一）

黒の東京』1893, 요코야마 겐노스케橫山源之助의『일본의 하층사회日本之下層
社会』1871와 같은 르포르타주가 널리 읽혔다. 그리고 겐유샤 작가들
가운데 사회 저변 하층민에 주목하는 이들이 등장하기 시작했다.
히로쓰 류로의『변목전変目伝』1895을 시작으로 오구리 후요小栗風葉[9],
에미 스이인, 도쿠다 슈세이 등의 이른바 '비참소설', '심각소설'이
라고 불리는 소설이 유행하게 된다. 사회에 대한 냉철한 비판이 돋
보이는 작품도 등장하기 시작하는데, 가와카미 비잔의『서기관書記
官』1895[10], 이즈미 교카의『외과실外科室』1895 등 '관념소설'이라고 불리
는 작품군이 나타나기 시작했다. 청일전쟁 이후의 사회상을 비판
적으로 응시한 우치다 로안內田魯庵의『한 해의 마지막 28일くれの二十八
日』1898[11]도 그 흐름의 하나라고 볼 수 있다. 또한, 기노시타 나오에木
下尚江의『불기둥火の柱』1904,『남편의 자백良人の自白』1904~06 등 사회주의
소설이라 불리는 작품군도 등장했다. 이들 초기 사회주의 소설은
기독교의 영향을 받아 인도주의 색채가 강한 것이 특징이다.

메이지기를 대표하는 베스트셀러로 오자키 고요의『금색야차』
1897~02와 도쿠토미 로카德富蘆花의『불여귀不如帰』1898~99를 들 수 있다.

---

9 오자키 고요 문하의 소설가로, 메이지 30년대 문단의 제일선에서 활약했다.『청
   춘』(1905~06)으로 대중적 인기를 얻었다.

10 관료와 자본가의 결탁을 폭로한 소설.

11 멕시코 개척을 꿈꾸는 남편과 아내의 갈등을 그린 소설.

전자는 주인공 간이치가 약혼자 오미야의 배신에 절망해 고리대금업자가 되어 복수하는 내용이고, 후자는 결핵을 앓는 데다 시어머니의 시집살이, 원만치 않은 부부 관계로 고통받는 여성을 그리고있다. 두 작품 모두 전통적 도덕과 윤리에 신음하는 인물을 등장시키고 있는 점에서 동시대 사회소설과 공명하는 바가 크다.

*

이즈미 교카는 겐유샤 동인으로 작가 활동을 시작했는데, 이후 관념소설로 경도되어 『데리하 교겐照葉狂言』1896 무렵부터 독자적인 환상세계를 그리기 시작한다. 『데리하 교겐』은 조실부모하고 양부모와도 헤어져 고아가 된 미쓰구가 교겐 극단의 젊은 사단 고치카의 사사를 받게 되면서 벌어지는 일들을 그리고 있다. 8년 후 고향으로 돌아와 소꿉친구 유키와 재회하는데 그녀가 데릴사위로 맞아들인 남편의 악행에 신음하고 있음을 알게 된다. 미쓰구는 불행한 유키를 돕기 위해 애쓴다. '어머니'와 '누이'에 대한 동경은 교카 문학을 이루는 중요한 모티프 중 하나다.

교카의 대표작은 명실공히 『고야산 스님高野聖』1900이다. 이 소설은 한 승려의 젊은 날의 체험담을 그리고 있다. 히다飛騨 산중에서 길을 잃어 고생 끝에 언덕 위 작은 집에 다다른다. 그 집에는 요염한 매력을 발산하는 미녀가 살고 있었는데, 그녀 주변을 에워싼 동물들은 요괴인 그녀의 유혹에 넘어간 남자들이었다. 다음 인용문은 강가에서 몸을 씻던 승려가 여자의 유혹에 말려드는 장면이다.

과연 보아하니 기모노를 입었을 때와는 달리 살집이 제법 있는 풍만한 몸매였어.

'아까 마구간에 들어가서 말을 돌봤는데, 미끈미끈한 말의 콧김 때문에 몸이 찝찝하던 참이었어요. 마침 잘됐네요. 저도 몸 좀 씻을게요.'

남매끼리 비밀 이야기라도 하는 듯한 어조였네. 여자가 손을 올려 검은 머리를 잡고는 겨드랑이 아래로 수건을 넣어 쓱쓱 닦더니 그걸 양손으로 짜는 거야. 그 모습은 마치 흰 눈 같이 뽀얀 피부를 영험한 물로 정결하게 씻어낸 듯했지. 그 여자의 땀은 고운 연분홍빛이 되어 흘러내렸어.

여자는 머리를 빗으며 말했어.

'어쩜, 여자가 이렇게 얌전하지 못하고 덜렁대서야. 강에 빠지기라도 하면 어쩌죠. 하류로 떠내려가 버리면 마을 사람들이 뭐라고 하겠어요?'

'흰 복숭아꽃이라 하겠지요.'

라고, 떠오르는 대로 무심히 말을 건넸는데, 그만 얼굴이 마주친 거야.

그러자 기쁜 듯이 생긋 웃는 모습이, 그 순간만큼은 앳되고 싱그러운 게 일고여덟은 젊어 보이더군. 그리고는 이내 수줍은 처녀 같은 모습으로 눈을 아래로 향했어.

나는 그대로 시선을 돌리고 말았는데, 그 여자는 달빛을 머금어 한층 더 아름다운 모습으로 옅은 연기 속에 휩싸이더니, 물보라에 젖어 검어진 미끌미끌하고 커다란 강 건너 바위에 푸른빛을 띠며 투명하게 비쳐 보였어.

『눈썹 없는 망령眉隠しの霊』1924[12] 등 언문일치체로 쓴 교카의 작품들은 대개 '이레코형いれこ型 : 커다란 상자 안에 작은 상자, 그 상자 안에 좀 더 작은 상자를 차례로 넣어 공간을 축소하는 것'으로, 바깥 현실에서 점차 이공간으로 좁혀 들어가는 흥미로운 구조를 띤다. 일상의 리얼리즘 문체로 비현실 세계를 묘사하는 하나의 방법을 제시한 것으로 볼 수 있다. 이 외에도 유미적 낭만이 돋보이는『봄날의 오후春昼』1906, 『봄날의 오후가 지나고春昼後刻』1906, 『부계도婦系図』1907, 『초롱불 노래歌行燈』1910[13] 등, 1939년 세상을 떠나기까지 무려 304편에 이르는 유미적 낭만을

---

12 기소(木曽)의 한 여인숙에 눈썹 없는 미녀의 망령이 나타난다는 괴기소설.

13 일본 전통 예능인 노가쿠(能楽)를 다룬 소설. 한 노가쿠 배우와 연주가가 한 여인숙에서 게이샤로부터 자신에게 음악을 가르쳐준 이에 대한 사연을 듣게 되는데, 그 인물은 다름 아닌 노가쿠계의 기대를 한몸에 받던 기타하치. 그 기타하치는 다른 공간에서 자신이 파문당한 사연을 들려준다.

그린 작품을 남겼다. 비명에 간 연인들이 수백 년이 지나 요괴가 되어 재회한다는 『야샤가 연못夜叉ヶ池』1914과, 히메지성姬路城의 천수天守에 사는 요괴와 속세의 인간이 금단의 사랑에 빠진다는 장대한 스케일의 『천수 이야기天守物語』1917는, 그 땅에 뿌리내린 공동환상과 함께 근대 물질문명에 대한 통렬한 안티테제를 담고 있다. 비록 자연주의 문학이라는 거센 파도를 만나 큰 빛을 보지는 못했지만 이즈미 교카는 소수의 열광적인 독자층을 확보하고 있었다. 그만의 괴이하고 몽환적인 환상세계는 훗날 가와바타 야스나리와 미시마 유카오 문학에도 큰 영향을 미쳤다. 3백 년쯤 지나면 소세키나 오가이 문학은 사라질지 모르지만, 로한과 교카의 작품은 결코 사라지지 않을 것이라는 높은 평가도 받고 있다.

*

　구니키다 돗포가 작품활동을 한 것은 10년이 채 되지 않는다. 1897년 "아아, 산림에 자유가 있나니"라는 표현으로 문단의 시선을 끌며 서정시인으로 데뷔했다.[14] 그는 '상'과 '실'의 진폭을 몸소 체현한 작가라고 할 수 있다. 그 출발점에 대자연에 대한 커다란 동경이 있는데, 그것이 관념으로 만들어진 자연이라는 사실에 주의를 요한다. 예컨대, 앞서 기술한 야마다 비묘의 『나비』가 일종의 전통적 자연관에 입각하고 있다면, 도쿄를 중심으로 한 근대 도시 문명이 형성됨에 따라 자연은 지금까지 그래왔듯 인간을 위무하고, 심정을 드러내는 것이라기보다 인간과 문명을 상대화하는 개념으로 이념화되었다. 그것은 예컨대 미야자키 고쇼시宮崎湖処子가 『귀성歸省』1890에서 근대도시의 피폐함과 대조적으로 구제로서의 '고향'의 이미지를 그려낸 것과도 상통할 것이다.

　다른 한편에서는, 후타바테이 시메이가 번역한 러시아 소설가

14　다야마 가타이 등과 공편으로 『서정시(抒情詩)』라는 잡지에 『돗포음(独歩吟)』(1897)을 발표했다.

투르게네프의 『밀회ぁひびき』1886가 간행된 이래 객관적인 관찰 대상으로서의 '자연'을 언문일치체로 묘사하는 방법이 제기되었다. 이 시기에 도쿠토미 로카의 『자연과 인생自然と人生』1888, 돗포의 『무사시노武蔵野』1889가 연이어 등장한 것은 결코 우연이 아니다. '인위'에 대응하는 '자연'을 언어로 표현할 수 있을 때 비로소 그것을 형이상학적 이데아로도 상상할 수 있게 된다.

돗포의 초기 단편 『잊을 수 없는 사람들忘れ得ぬ人々』1898의 저변에는 영웅이나 소시민이나 모두 평등한 존재라는 사상이 깔려 있다.

오늘 같은 밤 나 홀로 밤늦게 등불을 마주하고 있으면 인생의 고독을 느껴 견딜 수 없는 애상에 빠지곤 한다네. 그때 내 이기심의 뿌리가 툭 하고 끊어져 버려 왠지 사람이 그리워지면서 지나간 옛일이나 친구들의 얼굴을 떠올리곤 하지. 무엇보다 강하게 내 마음에 남아 있는 것은 바로 그 사람들이라네. 아니, 그때 그 광경 속에 서 있던 그 사람들이네. 이我와 타他 사이에 무슨 차이가 있겠는가. 모두 다 이승의 어느 하늘 어느 땅 한구석에서 태어나 머나먼 행로를 헤매다가 함께 손잡고 영원한 하늘로 돌아가는 신세가 아닌가. 이런 감정이 가슴 속 깊은 곳에서 일어나서 나도 모르게 눈물이 뺨을 타고 흘러내릴 때가 있네. 그때는 실로 아도 아니고 타도 아닌, 그저 모두가 그립고 애틋하게 느껴지곤 한다네.

『무사시노』, 민유사, 1901

『소고기와 감자牛肉と馬鈴薯』1901에 이르면 그 양상이 서서히 변화해 '이상'으로 무장한 젊은이들이 이상감자과 현실소고기 사이에서 고뇌하는 모습을 통해 자신의 사상을 응축시켜 보였다.『봄 새春の鳥』1904에서는 지적장애를 가진 소년의 이야기가 펼쳐진다. 순수함으로 무장한 소년은 자신이 새라고 믿고 낭떠러지에서 하늘을 향해 날갯짓하다가 그만 추락사하고 만다. 자연과 하나가 된다는 것은 그 자체로 죽음이 전제되기 마련으로, 이상으로 도약하기보다 그것이 허락되지 않는 가혹한 현실 쪽으로 시선을 돌린다. 만년작인『궁사窮死』1907는 궁핍함에 내몰린 노동자가 선로에 깔려 사망하는 이야기이고,『대나무 문竹の木戸』1908은 일을 해도 넉넉지 못한 살림으로 고통받던 여성이 이웃집 숯에 손을 대고 그 소문이 퍼져 목매달아 삶을 마감한다는 내용이다. 이들 작품은 자연주의 문학이 왕성하던 메이지 40년대 초 문단의 호평을 받았지만, 그렇다고 해서 그것이 돗포 문학의 본질이라고 말하기는 어렵다.『봄 새』에서 소년

이 추락하는 순간, 근대소설의 역사는 '상'과 '실'의 통합이라는 커다란 가능성 하나를 잃게 되었기 때문이다. 이후의 흐름은 일상적 리얼리즘 추구라는 한 방향으로 흘러가게 된다.

제3장

자연주의 문학과 나쓰메 소세키, 그리고 모리 오가이

100년을 훌쩍 넘긴 일본 근대소설의 역사에는 몇몇 커다란 전환점을 맞이하는데, 그 하나가 1907년메이지 40을 전후한 시기이다. 오랜만에 문단에 복귀한 모리 오가이는 "무릇 소설이라는 것은 무엇을 어떻게 쓰든 상관없다"추나(追儺), 1909라는 말을 꺼내 들었다. 언문일치체가 일반화되면서 그간의 '소설'의 개념에서 벗어나 다양한 표현을 모색하기 시작한 것이다. 『나는 고양이로소이다吾輩は猫である』1905~06를 통해 소설가로 데뷔한 나쓰메 소세키夏目漱石가 시마자키 도손의 『파계破戒』1906를 발 빠르게 평가한 것도 그러한 흐름에 일정 부분 수긍했기 때문일 터다. 그런데 문학사조와 유파의 대립이라는 측면에서 보게 되면 평가는 엇갈린다.

1.『파계』와『이불』

시마자키 도손의『파계』를 인용하는 것으로 이야기를 시작해
보자.

렌게지에서는 하숙도 쳤다. 세가와 우시마쓰가 갑작스레 하숙을
옮길 결심을 하고 빌리기로 한 방은 그곳 안채의 이층 모퉁이 방이었
다. 신슈의 시모미노치고오리 이야마 마을에 있는 스무 개의 절 중 하
나로 진종真宗에 속한 오래된 절이다. 이층 창문에 기대어 바라보면 마
침 커다란 은행나무 너머로 이야마 마을 한 자락이 보인다. 과연 신슈
에서 제일가는 불교의 고장답게 옛 모습을 눈앞에서 보는 듯한 자그
마한 도시다. 기이한 북극풍 가옥 구조, 판자 지붕, 그리고 겨울 제설
용으로 고안된 특이한 처마. 여기저기 높게 솟아 있는 절과 나뭇가지
까지 온통 고풍스러운 분위기의 마을이 향 내음과 함께 그 모습을 드
러내고 있다.

위의 표현에서도 알 수 있듯, 이 작품은 참신한 언문일치체로 커
다란 반향을 일으켰다. 언뜻 전지전능한 시선신이라도 된양 객관적 시점으로
부감하고 있는 듯하나, "이 층 창문에 기대어 바라보면"이라는 문구
에서 알 수 있듯 시점이 등장인물로 바뀌며 그 인물에게 비춘 풍경

을 원근법으로 기술하는 형태를 띤다. 그건 그렇고 "신슈에서 제일가는 불교의 고장"이라고 판단한 주체는 과연 누구일까. 화자의 판단으로도 주인공 우시마쓰의 판단으로도 읽힌다. 일반적인 사실 제시와 등장인물이 그것을 받아들이고, 파악하는 두 겹의 구조로 이루어져 있다. 그것이 가능했던 것은, 자연관의 변화, 지금까지 의인화되거나 인간의 심리를 투영해온 '자연'을 인위와

시마자키 도손

대립하는 존재로 바라보게 되었기 때문일 터다. 『파계』는 사회적 차별로 고뇌하는 주인공의 모습을 그린 작품으로 알려져 있는데, 개인과 개인을 둘러싼 사회와의 갈등 역시 이러한 중층적 시선, 즉 객관적인 환경을 등장인물이 어떻게 자신의 것으로 만들어갈 것인가 하는 문제와도 맞닿아 있다.

『파계』에 이어 동시대 문단에 큰 영향을 미쳤던 것은 다야마 가타이의 『이불蒲団』1907이다. 주인공은 중년의 처자식이 있는 소설가 다케나카 도키오. 그는 젊은 여제자 요시코에게 은밀한 욕망을 갖지만, 표면적으로는 그녀의 감독자 역할을 맡고 있다. 요시코가 젊

은 남자와 연애를 시작하자 도키오는 질투심의 늪에 빠지고, 마침내 둘 사이를 갈라놓는다. 요시코는 실의에 빠져 귀향하고 도키오는 요시코가 쓰던 이 층 방으로 올라가 그녀가 덮던 이불을 꺼내어 그녀의 체취를 마음껏 탐닉한다. 문제의 결말 부분을 인용해 보자.

커다란 버들고리 세 개가 당장이라도 보내질 것처럼 가는 새끼줄로 묶여 있었고, 맞은 편에는 요시코가 사용하던 침구—연둣빛 당초무늬가 들어간 요와 두툼하게 솜이 들어간 같은 무늬의 이불이 포개져 있었다. 도키오는 그것을 끄집어냈다. 여자의 그리운 머릿기름 냄새와 땀 내음에 도키오의 가슴은 말할 수 없이 두근거렸다. 벨벳 이불깃의 유난히 때가 탄 곳에 얼굴을 묻고 그리운 여자의 냄새를 마음껏 맡았다.

성욕과 비애와 절망이 한꺼번에 도키오의 가슴을 엄습했다. 도키오는 요를 깔고 이불을 덮고 차갑고 때묻은 벨벳 이불깃에 얼굴을 파묻고 흐느껴 울었다.

어둑어둑한 방, 문밖에는 바람이 거세게 몰아치고 있었다.

위의 문장은 당시 센세이션한 반향을 불러일으켰다. 자신의 욕망을 숨기지 않고 거침없이 고백하고 글로 발표한 작가의 용기를 높이 평가했다. "어둑어둑한 방, 문밖에는 바람이 거세게 몰아치고 있었다"라는 마지막 장면에서 보듯, 주변 자연과 등장인물의 시선의 낙차, 즉 중층적 시선이 내포되어 있음에도, 오로지 작가의 사생활 '고백'이라는 측면에만 초점을 맞춰 해석해 왔다. 앞서 살펴본 도손의 『파계』 또한 피차별부락에 대한 사회 편견을 폭로하는 모티프가 주인공의 '고백'과 자기구제라는 모티프에 가려져 보이지 않게 되는 애매함을 노정한다.

『파계』와 『이불』은 일본 자연주의 문학의 기념비적 작품으로 평가되고 있지만, '고백'이라는 장치는 실은 낭만주의 문학의 특징으로 꼽히던 것이었다. 이것은 자연주의 문학이 굴절된 형태로 수용되었음을 보여주는 예증이기도 하다.

본래 자연주의라는 것은, 19세기 말 프랑스의 에밀 졸라를 중심으로 일어난 사실주의의 한 갈래로, 낭만주의에 반발한 작가들이 대거 참여했다. 사실주의가 현실을 있는 그대로 묘사하는 데 중점을 두었다면, 자연주의는 거기서 한발 더 나아가 과학적 방법론에 입각한 객관적 묘사에 몰두했다. 그 배경에는 하루가 다르게 진보하는 과학문명에 비해 과장과 자기주장에 매몰된 문학에 대한 성찰이 자리한다.

프랑스 자연주의를 대표하는 에밀 졸라는 『테레즈 라캥*Therese Raquin*』[1867] 서문에 기술된, 악덕도 미덕도 설탕과 같은 합성물에 지나지 않는다는 역사철학자이자 비평가인 테누의 말을 빌려 인간의 감정과 성격을 다양한 인자의 화합물로 바라보고 분석하는 것이 소설가의 책무라고 주장한 바 있다. 아울러 자신은 외과의가 시체를 해부하듯 소설을 쓴다고도 말했다.

일본에 졸라이즘이 본격적으로 들어온 것은 메이지 30년대 중반으로, "자연은 자연이다. 선도 없고, 악도 없고, 미도 없고, 추도 없다"『유행가(はやり唄)』, 1902라고 주장한 고스기 덴가이小杉天外와 인간이 갖는 어두운 면을 폭로『지옥의 꽃(地獄の花)』, 1902하는 데 역점을 둔 나가이 가후 사이에는 이미 커다란 낙차가 존재했다. 일본의 경우는, 후자의 '진상을 폭로'하는 쪽이 힘을 얻었다. '정확하게'라는 덕목이 '솔직하게'로 바꿔치기 되고, 본래 낭만주의의 요소였던 자기주장은 거꾸로 자연주의 문학의 특징으로 정착해 간다.

이 기묘한 전도가 일어나게 된 배경에는, 예컨대 자연주의 작가 플로벨의 대표작『보봐리 부인Madame Bovary』과『이불』사이에 반세기라는 시차가 자리하며, 낭만주의 요소가 산문으로 충분히 발현되지 못한 상태로 자연주의를 맞이하게 된 사정이 자리한다. 일본의 전근대성에 대한 비판이 서구문학에만 의존하고 있는 한계 또한 지적할 수 있다. 그러나 자기 안의 자연과 외부의 대자연이 감응하여 빚어내는 걸출한 동양적 생명관은 평가할 만하다. 도키오는 요시코에게서 느끼는 질투의 감정을 스스로 이렇게 분석하고 있다. 다시 한번『이불』속으로 들어가 보자.

슬프다, 그야말로 가슴이 저미듯 슬프다. 이 비애는 화려한 청춘의 비애도 아니고, 단순한 남녀 간의 사랑에서 오는 비애도 아니고, 인생 가장 깊은 곳에 은밀히 숨겨져 있는 그런 커다란 비애다. 흘러가는 물, 떨어지는 꽃잎, 이 자연 밑바닥에 웅크리고 있는 저항할 수 없는 힘 앞에서 인간처럼 덧없고 인간처럼 나약한 것도 없을 것이다.

明治四十年十月の卷　本欄

『蒲團』合評

『蒲團』は九月の『新小説』に掲載された田山花袋氏の作で、短篇さはいひながら、七十八頁に亘った作である。主人公の名は竹中時雄と云ふ三十四五の文學者、單調なもの憂い社會生活、子供の三人もある上に新婚の快樂も覺め盡した而も無趣味な家庭生活――要するに生活の疲勞、倦怠、不滿に苦んで居る彼は、折から自分を慕うて來た若い女弟子に戀する。而も生來自意識が強くて万事に惑溺する事の出來ない彼は、一方に性慾、一方に德義と云ふ矛盾の間に立ちて更に激しい煩悶を感ずる、嫉妬する、躊躇逡巡の果ては、途にその若き女弟子までを他人に奪はれる、苦しむ、泣く――これが作の粗筋であるが、作者は寧ろ其れ等の事件經構に重きを置かず、主さしてその中年の戀の經路を心理的に描かうとして居る。近來喧ましい自然派の傾向が、或度までは代表的に出て居る。加之近時の此派の小說には片々たる短篇が大部分を占めて居るのに比して、量に於ても内容に於ても、立ちすぐれて著しい所がある。これが吾等の合評を企てた所以である。

布團は田山君の傑作であるばかりでは無く去年來所謂自然派小

小栗風葉

『이불』 합평, 『와세다문학』, 1907.10

이러한 종교적 체념은 만년의 대작 『백야白夜』1927에 이르기까지 가타이 문학을 관통하는 키워드라고 할 수 있다. 자기 안의 '자연'을 관찰함으로써 보편적 진리에 도달하고자 한 발상은 가타이뿐만 아니라, 동시대 작가라면 누구든 가졌을 법한 것이었다. 「문예상 주객

양체의 융회文芸上主客両体の融会」소마 교후[相馬御風], 1907, 「자연주의의 주관적 요소自然主義の主観的要素」가타가미 덴겐[片上天弦]와 같은 자연주의 평론에서 보듯, 동시대 묘사를 둘러싼 논의는 오히려 서구 객관주의를 초월한 발상을 내포하고 있었다.

다야마 가타이

2. 예술과 실생활

가타이는 "단순히 작가의 주관이 개입하지 않는다는 의미가 아니라, 객관적 사실, 그 내부에 전혀 개입하지 않으며, 또한 인물의 내면에도 개입하지 않고, 다만 본 대로 들은 대로 접한 대로 그 현상을 있는 그대로 그리는 것이다"라는 '평면묘사平面描写'론을 주창한다. 『이불』의 시점도 도키오에게만 밀착하고 있지 않다. 요시코와 도키오의 아내의 심리에도 지면을 할애한다. 고백적 요소가 전혀 없는 『시골 교사田舎教師』1909와 같이 시골에 파묻혀 지내는 전도유망한 젊은이의 운명을 담담히 묘사한 객관소설을 집필하기도 했다. 그러나 실생활을 파헤치는 것으로 보편성을 획득하고자 한 시도는 뜻한 바와 달리 '사소설'의 탄생을 예고하는 길로 향하게 했다. 『이불』이후, 『삶生』1908, 『아내妻』1908~09 등으로 흘러간 것은 결코 우연이 아니다.

이처럼 '사소설'로 경도되어 가는 것은 시마자키 도손도 예외가 아니었다. 『이불』의 반향에 자극받아 두 번째 장편소설 『봄春』1908을 집필하던 중 내용을 바꾼 정황은 여러 연구에서 지적된 바 있다. 화자는 특정 인물에 기울거나, 시점을 밀착해서 표현하는 것은 물론, 과거 『문학계』 동인들의 청춘 군상 전반을 조감하는 시점도 어느 정도 확보하고 있지만, 아오키모델은 기타무라 도코쿠가 자살한 이후부터는 기시모토모델은 도손 자신에 밀착하여 묘사한다. 소설은 기시모토가 홀로 센다이로 여행을 떠나는 다음 장면에서 막을 내린다.

기차가 시라카와를 지나쳐 가자 기시모토는 벌써 도쿄를 멀리 떠난 듯했다. 창가에 머리를 기대고 쓸쓸히 내리는 빗소리를 들으면서 언젠가 찾아올 공상의 세계를 꿈꾸었다.

"보잘것없는 나란 존재지만 어떻게든 살고 싶다."

이렇게 생각하며 깊고 깊은 한숨을 내쉬었다. 차창 너머로 회색빛 하늘, 비에 젖어 빛나는 초목, 물안개, 그리고 농가 처마 밑에서 한가롭게 노닐던 닭들이 나타났다 사라졌다 했다. 사람들은 빗속 여행이 지루한 듯 모두 기차 안에서 잠을 청하고 있었다.

『봄』, 우에다야(上田屋), 1908.10

비가 다시 쏟아져 내린다.

"보잘것없는 나란 존재지만 어떻게든 살고 싶다"라는 문구는 소설 내용과 관련이 없는 다소 돌발적인 감이 없지 않다. 개인의 절실함을 응시하는 것과 전체를 객관적으로 이야기해야 할 화자가 뒤섞여 있는 탓에 기시모토의 고뇌가 특권화되어 버린 감이 없지 않다. 도손의 장편에는 이러한 장치가 여러 곳에 포진되어 있으며, 작가 자신이 모델인 주인공의 곤란하거나 불편한 심경은 교묘히 은폐되거나 아무런 설명 없이 묵과되는 경우가 많다. 그리고 이러한 조작들은 그의 소설을 규정하는 중요한 요소가 되었다.

이후, 다야마 가타이의 '평면묘사'론을 대신해 이와노 호메이岩野泡鳴의 '일원묘사一元描写'론특정 인물의 시점에서 기술[1]이 주류가 되고, 화자가 곧 주인공인 형태가 많아지면서 점점 더 깊은 '사소설'의 길로 안내되어 갔다.

참고로, 이후의 '사소설'에서는 예술과 실생활, 작가와 작품 제

---

1   호메이의 대표적인 일원묘사론으로는 「현대 장래의 소설적 발상을 일신해야 하는 나의 묘사론(現代将来の小説的発想を一新すべき僕の描写論)」(1918)이 있다.

재의 거리를 어떻게 하면 좁힐 수 있을지가 중시되었다. 예컨대, 시마자키 도손은 아내와 사별한 후, 메이지 말부터 다이쇼 중반까지 함께 생활하던 여조카와 있어서는 안 될 관계를 맺고, 고백을 통해 이를 해결하고자『신생新生』1918~19을 발표한다. 신문 연재를 시작할 때도 여조카와의 관계가 아직 정리되지 않은 상황이었으니, 먼저 세상을 향해 자신의 고뇌를 고백하고 그 반응을 보면서 해결책을 찾고자 한 것으로 볼 수 있다. 여기에 한술 더 떠서 의도적으로 위기 상황을 만드는 등, 자연주의 계열 작가들 대부분이 자기 파멸형 사소설로 이끌려 가게 된다.

이러한 경향이 나타나게 된 데에는 메이지 20~30년대에 청운의 꿈을 안고 상경한 젊은 작가들이 도쿄에서 맛본 좌절, 절망과도 관련이 있을 것이다. 봉건적 '이에家'로부터 벗어나고자 도쿄로 상경한 젊은이들이 작가라는 꿈을 이루지 못한 채 빈곤과 병결核에 시달리는데, 그런 자신의 상황을 독자들에게 있는 그대로 보고하는 형태가 일본 자연주의 문학의 기본 패턴으로 고착된다. 한편, 도손은 자비 출판으로 나카센도中山道 마고메馬込의 구가旧家를 모델로 한『집家』1910을 집필했으며, 만년의 대작『동트기 전夜明け前』1929~35,『동방의 문東方の門』1943[미완] 등 '핏줄'의 숙명을 근대 역사 속에 녹여낸 걸출한 소설들을 남겼다.

3. 자연주의와 사생문의 동향

시마자키 도손과 다야마 가타이 외에도 자연주의를 대표하는 작가로 도쿠다 슈세이, 마사무네 하쿠초^{正宗白鳥}, 이와노 호메이 등이 있다. 도쿠다 슈세이는 겐유샤 동인으로 작가 생활을 시작해 점차 사소설적 요소가 짙은 작품들로 경도되어 갔다. 이를테면, 새로운 개척지를 일구며 살아가는 신혼부부의 이야기『신접살림^{新所帶}』¹⁹⁰⁹, 하마 부인의 일대기를 그린『발자취^{足迹}』¹⁹¹⁰, 사소설적 요소가 농후한『곰팡이^黴』¹⁹¹¹, 애욕의 삶을 살아간 창부 이야기『짓무름^爛』¹⁹¹³ 등이 그것이다. 억척스러운 여성을 주인공으로 한『제멋대로^{あらくれ}』¹⁹¹⁵는 다이쇼기의 대표작이자 자연주의를 가장 잘 체현한 작품이라는 평가를 받는다. 이처럼 무이상, 무해결을 이상으로 하는 자연주의 이념에 기대어 소박한 서민들의 삶을 담담하게 묘사하는 방식은 도손과 가타이의 '객관' 묘사를 한 단계 더 깊게 파고든 것으로 평가할 수 있다. 아내를 잃고 얼마 되지 않아 야마다 요리코^{山田順子}라는 문학 지망생과 염문이 터지면서 도쿠다 슈세이의 창작욕은 다시금 불타오른다. 요리코를 모델로 한, 이른바 '요리코류 소설'의 총결산이라고 할 수 있는『가장인물^{仮装人物}』^{1935~38}에서부터 예기와의 염문을 그린『축도^{縮図}』¹⁹⁴¹에 이르기까지 긴 호흡으로 창작을 이어간다.

마사무네 하쿠초 또한 무이상·무해결·무조건[2]이라는 자연주의 이념의 전형을 작품으로 승화시킨 작가로 알려져 있다. 허무적이고 염세적인 인물을 주인공으로 내세운 『어디로何処へ』1908[3], 『강둔치入江のほとり』1915[4] 등을 집필했다.

이와노 호메이는 자기 자신을 소설 전면에 드러내는 이른바 '사소설'의 길을 열어간 작가로 잘 알려져 있다. 문단 데뷔작이라고 할 수 있는 『탐닉耽溺』1909은 여행길에서 만난 게이샤에게 빠져 구애하지만 그녀가 매독에 걸렸다는 사실을 알고는 차갑게 돌아선다는 내용이다. 그녀를 기적에서 빼내기 위해 처자식의 옷가지까지 전당포에 맡기는 구질구질한 모습으로 묘사되고 있다. 이후 '호메이 5부작'[5]을 연이어 발표하는데 대부분이 자신의 실제 경험을 바탕으로 하고 있다. 자신의 집에 하숙하던 오토리라는 여성과 정을 통해 가정이 깨지게 생기자 사할린, 삿포로 등지를 전전하며 동반자살을 꾀하나 미수에 그치고 만다. 우여곡절 끝에 모리

---

2   확실한 해결법이나 작가의 이상이 드러나지 않으며, 있는 그대로의 현실을 묘사하는 방식. 시마무라 호게쓰(島村抱月)의 『자연주의의 가치(自然主義の価値)』(1908)에 자세하다.

3   앞날에 대한 희망 없이 권태로운 하루하루를 보내는 청년의 모습을 허무적으로 그린 소설.

4   오카야마 어촌을 무대로 부자간의 갈등을 그린 소설.

5   『방랑(放浪)』(1910), 『단교(斷橋)』(1911), 『발전(発展)』(1911~12), 『독약을 마시는 여자(毒薬を飲む女)』(1914), 『원령(憑き者)』(1918) 등 다섯 작품이다.

오카盛岡라는 곳에서 오토리와 헤어지게 되자, 주인공은 크게 안도하는 모습을 보인다.『헤어진 아내에게 보내는 편지別れたる妻に送る手紙』1910[6], 그 속편 격인『의혹疑惑』1913 등을 집필한 지카마쓰 슈코近松秋江, 도호쿠 지방 농촌 마을의 궁핍한 상황을 묘사한 단편 연작소설집『미나미고이즈미 마을南小泉村』1907을 간행한 마야마 세이카真山青果 등도 자연주의 계열 작가이다.

마사오카 시키正岡子規는 자신의 사생론을 하이쿠俳句와 단카短歌 등에서 구현했다. 이후 산문으로 발전해 메이지 30년대 초에 사생문 운동을 일으켰다. 언문일치 문체가 돋보이며 자연주의와 어깨를 나란히 하면서도 자연주의와 성격을 달리하는 형태의 소설을 확립했다고 할 수 있다. 마사오카 시키가 세상을 떠난 후, 하이쿠 작가인 다카하마 교시高浜虚子가 바통을 이어받아 하이쿠 잡지『호토토기스ホトトギス』에『이카루가 이야기斑鳩物語』1907[7] 등을 발표한다. 이보다 앞서 나쓰메 소세키는 같은 잡지에『나는 고양이로소이다吾輩は猫である』1905~06를 연재하며 사생문의 모범을 보였다. 회를 거듭할수록 인기가 치솟아 연재가 연장되었고, 소세키의 작가 데뷔도 성공적으로 이루어졌다.

---

6   가출한 아내에게 미련이 남은 남자의 이야기를 담은 서간체 소설. 작가의 실생활을 바탕으로 하고 있다.

7   호류지(法隆寺) 근처에서 여인숙을 하는 여자와 젊은 스님의 사랑 이야기.

19세의 젊은 나이에 세상을 뜬 아내에 대한 그리움을 그린 데 라다 도라히코寺田寅彦의 『도토리団栗』1905, 어린 시절을 추억하는 스즈키 미에키치鈴木三重吉의 『물떼새千鳥』1906는 나쓰메 소세키의 영향을 받아 『호토토기스』에 발표된 작품들이다. 이처럼 현실과 거리를 둔 사생문 경향의 작품들은 자연주의 문인들의 거센 비판을 받았다. 반면, 소세키는 다카하마 교시의 창작집 『계두鶏頭』1908 서문에서 "여유로운 저회취미低回趣味"라는 말로 사생문 작품을 평가했다. 소세키 자신도 『풀베개草枕』1906에서 사생문을 시도했다. 다음은 그 한 구절이다.

사랑은 아름다울 것이고 효도도 아름다울 것이며 충군애국도 훌륭할 것이다. 하지만 자신이 그 일에 당면하면 이해利害의 회오리바람에 휩쓸려 아름다운 일에도, 훌륭한 일에도 눈이 멀게 될 것이다. 따라서 자신도 시가 어디에 있는지 알 수 없게 될 것이다.

이를 알기 위해서는 알 수 있을 만큼의 여유가 있는 제삼자의 위치에 서야 한다. 제삼자의 위치에 서야 연극을 봐도 재미있다. 소설을 읽어도 재미있다. 자신의 이해는 문제 삼지 않는다. 보거나 읽는 동안은 모두가 시인이다.

현실에서 한 발 떨어져 '비인정'의 세계에 들어가야 비로소 시적

『나는 고양이로소이다』

서정이 발현된다고 주장하지만, 정작 주인공인 화가 자신은 마지막까지 그림을 완성하지 못한다. 일상적 리얼리즘에 빠져있어서는 시적 서정을 표현하기 어려우며, 그렇다고 해서 "여유가 있는 제삼자의 위치"에 서서 바라보기만 해서는 현실의 본질에 다가갈 수 없음을 말하고 있다. 거기에는 '사생'이라는 사유에 빠진 본질적인 이율배반이 내재해 있으며, 소세키 또한 장편소설에서 현실적인 문제를 다루게 되면서 이러한 '여유'가 불가능해진다. 그렇게 사생문 운동도 서서히 내리막길로 접어들었다.

그러나 '현실 폭로'를 표방한 자연주의와 일선을 긋는, 이른바 서정적 산문의 계보는 꾸준히 이어졌다. 마사오카 시키 문하생의 사생문 작품이 연이어 등장하는데, 이토 사치오伊藤左千夫의『들국화 무덤野菊の墓』1906[8], 무로 사이세이室生犀星의『유년시대幼年時代』1919[9],『성에 눈뜰 무렵性に目覚める頃』1919 등이 그것이다. 단편이 주를 이루는

[8] 죽음을 앞둔 연인을 보살피는 순정소설. 많은 이의 사랑을 받은 이토 사치오의 대표작.
[9] 고향인 가나자와(金沢)에서 보낸 소년 시절을 그린 자전소설.『성에 눈뜰 무렵』과 함께 풍부한 서정성이 돋보이는 소설이다.

가운데 나가쓰카 다카시長塚節는 장편소설『땅±』1910을 발표한다. 빈농의 실태와 악의적인 소문으로 소작인들을 궁지로 몰아가는 과정을 선 굵은 리얼리즘 수법으로 그리고 있으며, 주관적 서정이 베인 독백을 사실적으로 체현하고 있다.

4. 소세키와 오가이

영국 유학에서 돌아온 소세키는, 1907년 도쿄제국대학을 사직하고 도쿄아사히東京朝日신문사에 소설가로 입사한다. 영문학자의 길을 버리고, 40세라는 늦은 나이에 전업 소설가로 새로운 길을 찾은 것이다.

소세키 문학을 이루는 중요한 기둥 중 하나는『현대일본의 개화現代日本の開化』1911에서 설파하고 있듯 문명비평이다. 쏟아지는 물질문명의 세례 속에서 정신은 그 내발성을 빼앗겨 버리고, 그러한 사실조차 자각하지 못하는 근대인의 비극을『산시로三四郎』1908[10]를 통해 폭로한다. 소설 속 히로타 선생이 보여주는 예리한 비판력이 눈길을 끈다. 그러나 그 히로타 선생도 자신이 살아가는 현실에

---

10   시골 출신 산시로가 도쿄제국대학에 입학해 겪게 되는 청춘의 사랑, 비애, 방황, 그리고 동시대 일본 사회, 문명, 인간에 대한 비판을 담고 있다.

발을 들여놓지 못한 소외된 비평가에 지나지 않았다. 이어서 발표한 『그 후それから』1909는 문명화된 현실로부터 유리된 인간의 비극을 다루고 있다.

주인공 다이스케는 근대인의 자의식과 자기애가 강한 고학력 백수 즉, '고등유민高等遊民'으로 등장한다. 그는 사회에 대한 날카로운 비판력을 보이지만, 과거 친구에게 양보한 연인에게 미련을 버리지 못하고 결국 파멸의 길로 나아간다. 다이스케가 눈떠가는 자연스러운 사랑이라는 것 자체가 다분히 인공적 의식의 산물에 불과하며, 다이스케는 마지막까지 그 모순을 깨닫지 못한 채 자기 자신에게 복수하는 결과를 낳는다. 소세키가 즐겨 사용하는 남-남-여 구도의 삼각관계를 이루며, 사랑의 감정에 주목하기보다 인물들의 심리 변화, 내적 갈등에 초점이 맞춰져 있다.

소세키는 『갱부坑夫』1908[11], 『꿈 열흘 밤夢十夜』1908[12] 등에서 인간의 무의식 속에 자리한 어두운 부분을 파헤치려는 경향을 보인 바 있다. 이른바 전기 3부작『산시로』, 『그후』, 『문(門)』에서 주인공의 의식과 그 밑바닥

---

[11] 유복한 집에서 자랐으나 사춘기에 찾아온 방황 때문인지 반항심 때문인지 세상과 등지고 싶어 가출한 청년이 주인공. 청년은 갱부가 되면 돈을 많이 벌 수 있다는 어느 알선책의 꼬드김에 넘어가 실제로 탄광에 들어가 노동자의 삶을 온몸으로 체험한다.

[12] 1908년 7월 25일부터 8월 5일까지 『아사히신문』에 연재된 단편. 첫 번째 밤(一夜)부터 열흘째 밤(十夜)까지 10개의 꿈을 몽환적으로 풀어내었다.

에서부터 무너져 가고 있는 '무언가'에 대한 예감을 끊임없이 감지한다. 소세키는 지병인 위궤양의 악화로 한때 위독한 상태에 빠진다. 1910년의 이른바 '슈젠지 대환修善寺大患' 이후, 그의 작품세계는 점차 근대 개인주의와 그것을 외부로부터 상대화하는 모습이 뒤엉키며 대결하는 구도로 변화해 간다. 그 모습은 『행인行人』1912~13[13]의 주인공 이치로에게 선명하다.

나쓰메 소세키

나는 분명히 절대의 경지를 인정하네. 그러나 내 세계관이 분명해질수록 절대는 나와 멀어지고 만다네. 예를 들자면, 도면을 펴놓고 지리를 조사하는 나란 사람이 각반을 매고 산으로 강으로 답사하는 현장 사람들과 똑같은 경험을 하려고 안달난 형국이랄까. 나는 멍청해. 나는 모순이야. 그런데 멍청한 줄 알면서, 모순인 줄 알면서도 여전히 발버둥 치고 있지. 나는 바보라네. 인간으로서 자넨 나보다 훨씬 위대해.

---

13   소설의 화자는 지로. 그러나 진정한 주인공은 그의 형인 이치로이다. 지성의 감옥에 갇혀 사는 이치로의 광기와 초조, 불안 속으로 집요하게 파고든다.

"손실을 따지지 않고, 선악을 생각지 않는 그저 자연 그대로의 마음을 순수하게 얼굴에 나타내는 것"을 이상으로 삼으면서도 결국은 그것을 거부하는 근대인의 자의식. 그 자의식이야말로 소세키 문학을 관통하는 중요한 테마라고 할 수 있다.『행인』과 거의 같은 시기에 발표한『나의 개인주의私の個人主義』1914에 비추어 보더라도 소세키가 추구한 것은 서구의 개인주의는 아니었다.

미완으로 끝난 소세키의 마지막 장편『명암明暗』1916은 신혼부부 쓰다와 오노부 사이에 똬리 틀고 있는 에고이즘을 숨김없이 폭로한다.

영리한 그는 재력에 중점을 두는 점에서 그보다 나으면 나았지 못하지 않은 오노부의 성격을 잘 알고 있었다. 극단적으로 말하면 황금빛에서 사랑 자체가 생겨난다고까지 믿고 있는 그는 어떻게든 오노부 앞에서 겉을 꾸며야 한다는 불안감이 있었다. 오노부에게 경멸당할까 무척이나 두려워했다. 호리에게 의뢰하여 매달 아버지로부터 도움을 받으려고 한 것도 실은 돈이 궁하기도 했지만 그런 속셈도 없지 않았다. 그것조차 그는 어딘가에 거북한 구석을 갖고 있었다. 적어도 그녀를 대하는 겉과 속에는 상당한 거리가 있었다. 두뇌 회전이 대단히 빠른 오노부 또한 그 거리를 당연히 감지하고 있었다. 필연적으로 그녀는 거기에 불만을 품지 않을 수 없었다. 하지만 그녀는 남편의 허위를 책망하기보다 오히려 남편의 솔직하지 못한 점을 원망했다. 그저 쌀쌀맞은 성격 탓이려니 하고 지나쳐 왔다. 그러면서도 아내 앞에서조차 자신의 약점을 드러내지 않으려는 남편의 속내를 도무지 이해할 수 없었다. 나중에는 그렇게 거리를 두는 남편이라면 이쪽도 각오가 되어있다고 혼자 마음속으로 되뇌었다.

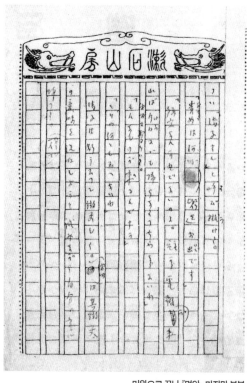

미완으로 끝난 『명암』 마지막 부분

화자는 에고이즘이라는 이름의 '소小자연'과, 주위 사람들과의 관계를 품은 '대大자연' 사이에 자리한 모순에 대해 말하고 있다. '자연'이라는 용어는 『한눈팔기道草』1915 이후 중요한 키워드로 언급되고 있는데, 일본 근대 작가 상당수가 자기 안의 '자연'을 통해 대자연과 일체가 되는 것을 이념으로 삼았던 것과 달리, 소세키는 마지막까지 그것을 거부하고 좌절과 죄의식으로 고뇌하는 인물을 그렸다는 사실에 주목할 필요가 있다.

소세키의 소설 가운데 오늘날까지 많은 독자를 확보하고 있는 『마음こころ』1914은 한 여자를 두고 소리 없는 전쟁을 벌인 끝에 친구를 죽음으로 몰아간 '선생'이 20년 넘게 과거의 죄를 짊어지고 살다 끝내 자살한다는 내용이다. 과거 자신이 저지른 죄에 매몰된 '선생'과 그 마음의 죄를 열어 보이려는 '나'. 이 두 세대의 대비되는 모습을 엿볼 수 있는데, '선생'은 메이지 천황의 죽음과 노기[14] 대장의 순사를 계기로 세상과 결별할 각오를 다진다. 그것은 곧 소세키와 그의 문하생 모리타 소헤이森田草平, 고미야 도요타카小宮豊隆 등, 훗날 다이쇼기 교양파로 불리는 신세대 젊은이들의 가치관의 차이를 드러내는 것이기도 하다. 『마음』의 '선생'은 마지막까지 서구

---

14 [옮긴이] 노기 마레스케(乃木希典, 1849~12) : 러일전쟁에서 활약한 일본 제국의 육군 군인. 도고 헤이하치로(東郷平八郎)와 함께 '해군의 도고, 육군의 노기'라고 불렸다.

개인주의에 위화감을 품으며 "자유와 독립과 나 사이에 흘러넘치는 현대"에 의문을 제기한다.

*

모리 오가이는 1881년 도쿄대학 의학부를 졸업했고, 1884년 독일 유학을 떠나 약 4년 동안 위생학을 공부했다. 1888년 귀국해 육군군의학교 교관이 되었고, 이듬해부터 군인이자 문학가로 왕성한 활동을 시작했다. 『청년靑年』1910~11[15], 『기러기雁』1911~13[16] 등 언문일치체를 사용한 작품들을 연이어 내놓았다. 후타바테이 시메이도 오랜 침묵을 깨고 『평범平凡』1907이라는 작품을 발표하는데, 이 안에서 "요즘은 자연주의라고 해서 작가가 경험한 아주 사소한 일을 기교 하나 없이 있는 그대로, 마치 소가 침을 질질 흘리듯 쓰는 것이 유행인 모양"이라며 동시대 자연주의 문학에 일침을 가했다. 반면, 오가이는 자신의 내밀한 성욕을 폭로한 『비타 섹슈얼리스ﾋﾀ・ｾｸｽｱﾘｽ』1909[17]를 통해 자연주의 문학을 다분히 의식하고 있음을 보여주

---

15 문학에 대한 열정을 품고 도쿄로 상경한 순수한 청년 준이치가 주인공. 준이치의 문학과 사랑을 그린 소설.

16 매일 집 앞을 지나는 한 의대생을 연모하는 오타마. 지루한 일상을 살아가는 듯 보이는 여주인공 오타마의 이면에 자리한 강한 성적 욕망을 섬세하게 표현하고 있다.

17 철학자 가나이(모리 오가이 자신)를 주인공으로 하여, 작가 자신의 실제 성생활을 그린

었다. 어떤 형태로든 '있는 그대로'의 현실을 폭로하는 자연주의 문학 이념이 동시대 작가들을 포위해 간 것은 분명해 보인다.

소세키와 오가이의 공통점을 찾는다면 근대 개인주의를 넘어서는 '무언가'에 대한 동경이라고 할 수 있다. 『산시로』의 영향을 받은 것으로 알려진 오가이의 『청년』의 한 장면을 살펴보자.

개인주의는 개인주의인데 여기에는 자네가 말하는 이기주의와 이타주의의 갈림길이 있어. 이기주의는 니체의 나쁜 일면이 대표하고 있지. 그 권위를 구하는 의지이고 사람을 쓰러뜨려 자기가 크게 되고자 하는 사상이야. 사람과 사람이 그것으로 다툰다면 무정부주의가 되어 버리지. 그런 것을 개인주의라고 한다면 개인주의는 두 말할 필요 없이 나쁜 거야. 이타적 개인주의는 그렇지 않아. 나我라는 성곽을 단단히 지키고 한 걸음 한 걸음씩 인생의 모든 사물을 깨닫는 거야. 왕에게는 충의를 다하지. 그러나 국민으로서의 나는, 모든 것이 어수선했던 옛 시대의 이른바 신첩臣妾: 임금 앞에서 자신을 낮추어 이르던 말이 아니야. 부모에게는 효를 다하지. 그러나 자식인 나는, 자식을 팔 수도 죽일 수도 있었던 옛 시대의 노예가 아니야. 충의도 효행도 내가 깨달아 얻은 인생의 가치일 뿐.

것으로 알려짐. 참고로, '비타 섹슈얼리스'라는 말은 라틴어로 성생활이라는 뜻이다.

여기서 '개인'과 '국가'를 둘러싼 메이지 지식인의 절절한 심경 고백을 엿볼 수 있다. 오가의 초기 작품 『무희』가 마지막까지 명확하게 설명하기 어려운 청년의 고뇌를 다루었다면, 『망상妄想』1911은 서양의 개인주의를 자신의 피와 살로 만들지 못한 통절함을 고백하고 있다.

1910년메이지 43 고토쿠 슈스이를 비롯한 사회주의자 12명을 암흑 재판으로 사형에 처한 이른바 대역사건大逆事件이 발생하는데, 오가이는 러일전쟁을 승리로 이끌었던 인물 중 하나인 야마가타 아리토모山県有朋[18]의 브레인 역할을 맡았을 뿐만 아니라 이 사건을 제재로 한 일련의 작품들을 발표했다. 『그러하듯かのように』1912 등의 소설에서는 신화와 역사 문제를 다루며 '국체国体'의 허구성을 드러내는 등 절충주의의 면모를 보였으며, 『백 가지 이야기百物語』1911에서는 전통적 공동체 의식과 서구 개인주의의 절충을 모색하기도 했다. 소세키와 마찬가지로 오가이 역시 노기 장군의 순사에 큰 충격을 받아 1922년 사망하기까지 역사소설 집필에 몰두했다. 『오키쓰 야고에몬의 유서興津弥五右衛門の遺書』1912[19], 『아베 일족阿部一族』1913, 『시부에 추사이渋江抽斎』1916[20] 등은 모두 실존 인물을 모델로 한 작품들이다.

---

18 **[옮긴이]** 군인이자 정치가. 청일전쟁 당시 조선에 주둔하는 제1 군사령관을 맡았으며, 러일전쟁을 승리로 이끌어 공작 작위를 받았다.

19 호소카와 가문에 충성하던 오키쓰 야고에몬의 순사(殉死)를 기록한 소설.

20 에도 후기 쓰가루번(津軽藩) 의사이자 고증학자인 시부에 추사이를 모델로 한 전기소설.

만년의 모리 오가이 모습

다이쇼 문단의 성립

자연주의 문학이 문단을 휩쓴 것은 메이지 40년부터 43년^{1907~10} 을 전후한 시기로 불과 몇 년 안 되는 짧은 기간이었다. 이에 반발하는 움직임도 함께 일었는데, 탐미파, 시라카바파白樺派, 신사조파신이지파, 신기교파가 그것이다. 이를 뭉뚱그려 반反자연주의 문학이라고 불렀다. 무섭게 몰아치던 기세가 한풀 꺾이며 명맥을 이어간 자연주의 문학과 함께 반자연주의 문학이 이후의 다이쇼기 문단을 주도해 가게 된다. 서로 상충하는 문학관처럼 보이지만 이 둘은 인격주의, 예술지상주의를 중시하는 점에서 공통점을 갖는다. 따라서 이 시기의 문학을 자연주의나 반자연주의라는 두 개의 틀에만 얽매여 바라봐서는 안 될 것이다.

1. 탐미파의 탄생

요사노 뎃칸^{与謝野鉄幹}, 요사노 아키코^{与謝野晶子} 부부가 중심이 되어 1900년에 간행한 잡지 『명성^{明星}』은 1908년 기타하라 하쿠슈^{北原白秋}, 기노시타 모쿠타로^{木下杢太郎}, 나가타 히데오^{長田秀雄} 등 젊은 시인들이 탈퇴하면서 100호를 끝으로 문예지의 역사에서 사라지게 된다. 하쿠슈 등은 미술잡지 『방촌^{方寸}』에서 활약하는 화가들과 의기투합하여 '판의 모임^{パンの会}'을 결성했다. 모임의 이름인 '판^{Pan}'은 그리스 신화의 양치기 신 목양신을 의미하며, 자연주의와 거리를 둔 고답적 예술론을 전개했다. 스미다강^{隅田川}을 바라보면 세느강이 떠오른다는 표현에서 알 수 있듯, 이들은 신변잡기식 일상에 초점을 맞춘 사실주의 작가들과 달리 이국적 정서에 흠뻑 심취해 있었다. 이렇게 탐미파들은 예술이 곧 인생이라는 자연주의 문학과 일선을 긋고 자신들만의 예술지상주의를 실천해 갔다. 1909년에 모리 오가이와 우에다 빈을 발기인으로 하여 잡지 『스바루^{スバル}』를 창간했고, 이듬해에는 게이오기주쿠^{慶應義塾}대학 교수로 자리잡은 나가이 가후^{永井荷風}가 『미타문학^{三田文学}』을 간행하면서 문예지 전성시대를 맞는다.

이들은 '퇴폐'와 '악' 안에 깃든 불가사의한 미의 힘을 부정하며, 무릇 미는 쾌락 안에 존재하는 법이라고 주장한다. 또한, 인공적·도시적인 미와 정서에 커다란 가치를 부여한다. 자연주의 문학이 봉건적이고 가부장적인 '이에家'의 질곡에서 벗어나 도시로 상경한 청년들의 지지를 받았다면, 탐미파는 문명을 향유하는 도회파 청년들의 문학이라고 할 수 있다. 기성 도덕과 인습을 타파하고자 한 점에서 자연주의와 공명하는 지점을 갖기도 하지만, '있는 그대로'의 현실을 폭로하는

明治四十三年五月一日發行

三田文學

第 壹 號

『미타문학』 창간호

자연주의의 리얼리즘과 환성적이고 감각적인 정서를 추구하는 탐미파는 그 결이 전혀 다르다.

나가이 가후는 자연주의를 누구보다 먼저 소개한 인물이었지만, 1903년부터 5년간 미국과 프랑스로 유학을 떠나있으면서 반자연주의로 돌아섰다. 유학시절의 경험을 테마로 한『아메리카 이야기あめりか物語』1908, 『프랑스 이야기ふらんす物語』1909를 연이어 발표한다. 해 질 녘 고즈넉한 파리의 한 공원 풍경을 가후는 이렇게 표현한다. "극한에 달한 세기말 문명에 인간도 자연도 고뇌에 심취한 파리. 이곳에서만 볼 수 있는 살아있는 슬픈 시"라고. 이『프랑스

이야기』의 한 구절에서 문명이 무르익은 프랑스 문화에 깊이 침잠해 있는 탐미파 작가의 모습을 발견하는 일은 그리 어렵지 않을 것이다.

第五版すみだ川之序

小説すみだ川を草したのは　もう四年ほど前の事である。外國から歸つて來た其當座二二年の間は　猶かの國の習慣が拔けないために、毎日の午後といへば必ず愛讀の書をふところにして散歩に出かけるのを常とした。然しわが生れたる東京の市街は既に詩をよろこぶ遊民の散歩場ではなくて行く處としてこれ戰亂後新興の時代の修羅場たらざるはない。其の中にも猶わづかにわが曲りし杖を留め、

疲れたる歩みを休めさせた處は　矢張いにしへの唄に殘つた隅田川の兩岸であつた。隅田川は其の當時目のあたり眺める破損の實景と共に子供の折から間傳へてゐたさまざまの去の景色の再來と子供の折から間傳へてゐたさまざまの傳説の美とを合せて　云知れぬ音樂の中に自分を投込んだのである。既に全く廢滅に歸せんとしてゐる昔の名所の名殘ほど自分の情緒に對して一致調和を示すものはない。自分はわが目に映じたる荒廢の風景とわが心を傷むる感

『스미다강』(1913년 판)

이렇듯 프랑스 문화를 동경하지만, 긴자銀座의 거리 풍경이 빚어내는 메이지 신문명은 혐오한다. 다음은 가후의 또 다른 작품 『냉소冷笑』1909~10[1]의 한 구절이다.

---

1 프랑스에서 귀국한 작가를 비롯해 은행장, 해외 선박 사무장, 가부키 배우, 화가, 이렇게 다섯 사람이 모여 문명비판을 전개한다.

인간은 웃고 즐기기 위해 존재하며 이는 인간의 정당한 권리다. 아니, 즐기지 않으려 해도 인간은 살아있는 한 즐기지 않고는 견딜 수 없는 존재다. 세상 사람들은 즐긴다고 하면 뭔가 부도덕한 의미를 떠올리는 모양인데, 그건 잘못돼도 한참 잘못된 생각이다. (…중략…) 그 누구도 피해갈 수 없는 '죽음'을 앞두고, 적어도 그 순간만큼은 쾌락을 노래하는 것이 인생의 유일한 위로가 아닐까. 우리는 그런 생의 유일한 선물을 소홀히 하지 않기 위해 종교와 도덕을 구한다. 그것을 거부하고 홀대하기 위해 도덕을 만든 것은 아니다.

『스미다강すみだ川』1909[2]을 시작으로 쇼와시대의 대표작 『묵동기담濹東綺譚』1937[3]에 이르기까지 가후는 일관되게 사라져가는 에도 문화를 예찬하고 동경했다. 그렇게 가후는 소세키, 오가이와 나란히 서구 유학으로 문명의 세례를 듬뿍 받은 지식인이자, 유학 이후 피상적인 일본 근대를 비판하는 입장으로 선회한 지식인 대열에 이름을 올리게 된다.

가후는 『불꽃놀이花火』1919라는 작품에서 지난날 '대역사건'에 대

---

[2] 도키와즈(常磐津 : 에도시대 조루리 가락) 선생과 예기의 사랑이 서민적 정취와 어우러져 표현되고 있다.

[3] 1930년대 사창가 다마노이(玉の井)를 무대로 노년의 소설가 오에 다다스와 20대 중반의 창부 오유키의 사랑과 이별을 그리고 있다. 도쿄 시타마치의 인정 풍속과 작가의 감상이 섞여 묘한 사소설 분위기를 풍기는 소설.

해 소신 있는 발언을 하지 못했던 자신을 반성하면서, 예술의 품위를 에도 게사쿠 수준으로 끌어내린 꼴이라고 자책한다. 가후는 종종 스스로를 낮추며 은둔형 자세를 보였다. 가후가 40년 넘게 써온 일기를 묶은 『단초테이 일기斷腸亭日乘』에도, 관동대지진으로 불타버린 도쿄를 바라보며 "자승자박, 천벌 내림"이라며 깊은 탄식을 쏟아내는 장면이 등장한다. 다만, 이 같은 가후의 문명비판 인식은 소세키나 오가이의 그것과 결이 다른 점에 주의할 필요가 있다.

*

다니자키 준이치로谷崎潤一郎는 가후가 한창 잘 나갈 때 그의 절찬을 받아 등단했다. 아직 무명의 대학생 신분이었던 다니자키는 『문신刺青』1910이라는 작품으로 가후의 기대를 한몸에 받는다. 다음은 『문신』의 한 장면이다.

그것은 사람들이 아직 '어리석음'이라는 귀한 덕을 지니고 있고, 세상이 지금처럼 서로가 격렬하게 다투지 않는 시절이었다. 귀족들과 부잣집 자제들의 유유자적한 얼굴에 그늘이 드리워지지 않도록 궁중 하녀와 유곽 오이란華魁:지위가 높은 유녀은 쉬지 않고 웃어 보였고, 언변을 파는 다도가茶道家라든가 호칸幇間 : 연회석에서 손님들의 흥을 돋우는 사람이라는 직업이 번듯하게 존재할 정도로 한가로운 시절이었다. 온나사다쿠로, 온나지라이야, 온나나루카미 등의 가부키 배역이 빛나던 연극과 구사조시草双紙 : 삽화가 들어간 에도시대 소설에도 모두 아름다운 사람은 강자로, 추한 사람은 약자로 그리고 있다. 누구나 모두 아름다워지려고 애쓴 나머지 타고난 몸에까지 문신을 새기게 되었다. 강렬한 혹은 현란한 선과 색채가 그 시절 사람들의 살결 위에서 춤추고 있었다.

평소 피부가 뽀얗고 빛이 나는 미녀의 피부를 동경해 오던 문신사 기요시는 후카가와의 한 요리점에서 이상향에 가까운 젊은 여자를 만나게 된다. 그녀의 희고 뽀얀 맨발에 매료된 기요시는 마침내 여자의 살결에 문신을 하게 되고, 여자 또한 문신에 쾌감을 느낀다. 기요시는 자신이 완성한 아름다운 모습에 희열을 느낀다. 다니자키의 또 다른 작품『치인의 사랑痴人の愛』1914은 중년의 셀러리맨이 어린 여자아이를 데려와 자신이 원하는 여성상으로 성장시켜 가는 과정을 담고 있다. 시간이 갈수록 여자는 마성 같은 매력을 발산하고 거꾸로 중년 남성은 그녀에게 농락 당하는데, 남자도 은밀하게 이 상황을 즐기며 쾌락을 느낀다는 내용이다.『악마悪魔』1912라는 작품을 통해 체현한 '악마주의'는 마조히즘, 페티시즘이 뒤섞인 유미주의와 여성숭배와 함께 다니자키 문학을 관통하는 중요한 주제의식이

다. 기성 도덕에 대한 반역이라는 점에서 탐미파는 분명 자연주의와 상통하는 부분이 있다.

또 다른 탐미파 작가로는 구보타 만타로久保田万太郎가 있다. 서민들의 애환과 정취가 듬뿍 담긴 아사쿠사浅草를 배경으로 한 『나팔꽃朝顔』1911, 『시든 초목末枯』1917[4] 등을 집필했다. 오사카인의 정서를 즐겨 그린 미나카미 류타로水上滝太郎도 구보타와 함께 탐미파 작가로 분류된다.

사토 하루오佐藤春夫는 잡지 『스바루』 지상을 통해 서정시인으로 데뷔했다.

谷崎潤一郎氏の作品

明治現代の文壇に於て今日まで誰一人手を下す事の出來なかつた或は手を下さうともしなかつた藝術の一方面を開拓した成功者は谷崎潤一郎氏である。語を代へて云へば谷崎潤一郎氏は現代の群衆者が誰一人持つてゐない特種の素質と技能とを完全に具備してゐる作家なのである。自分は氏の作品を論評する光榮を論ふに當つて今日までに發表された氏の作品中殊に注目すべきものを列記して置かう。それは廣刊した新思潮第二號所載の脚本『象』、同誌第三號載所載の小説『少年』、同第八號所載の小説『少年』、同第九號所載の小説『刺青』、同第四號所載の小説『麒麟』、スバル第三年第八號所載の小説『幇間』等である。然しパル谷崎氏は今正に爛れたる創作の成興を傾れつゝある最中なので更に更に吾人を驚倒すべき作品を續々公表されるに相違ない。けれども既に公表された前述の作品だけについて見るも當代稀有の作家たることを知るに充分である。

—148—

나가이 가후가 다니자키 준이치로의 작품을 상찬한 글. 다니자키가 문단에 알려지는 계기가 되었다.

1917년부터 소설을 쓰기 시작해 1919년 대표작 『전원의 우울田園の憂鬱』[5]을 발표한다. 인간의 감각과 신경을 예리하게 표현하는 기법이 뛰어나 일약 문단의 스타로 부상했다. 자연주의 문학의 거점인 『와세다문학』과 쌍벽을 이루던 『미타문학』을 이끌어간 인물 중 하나다.

---

4 영락한 명문가 남자와 옛 라쿠고(落語) 예기의 교류를 서정적으로 그린 소설.

5 아내와 반려견과 함께 교외에서 은둔생활을 보내고 있는 시인의 우울하고 권태로운 일상을 그린 소설.

2. 시라카바파 작가들

『시라카바』는 무샤노코지 사네아쓰武者小路実篤, 시가 나오야志賀直哉 등 가쿠슈인学習院대학 출신들이 중심이 되어 간행한 문학과 예술을 두루 다룬 잡지이다. 유복한 가정에서 태어나 자란 시라카바파 동인들에게 '무이상'을 표방하며 비참한 삶을 '폭로'해간 자연주의 문학관은 너무도 낯선 것이었다. 이들은 솔직하고 대담하며 자기 긍정적인 면모를 지니고 있었다. 훗날 아쿠타가와 류노스케가 "문단의 창문을 활짝 열어젖히고 상쾌한 공기를 불어 넣었다"『그 무렵의 나(あの頃の自分の事)』, 1918고 당시를 회고한 것처럼, 시라카바 문학은 낙천적인 자기긍정으로 흘러넘쳤다. 그 중심에 무샤노코지 사네아쓰가 있다. 초기작『행복한 사람お目出たき人』1911은 청춘남녀의 사랑 이야기이다. '나'는 쓰루라는 소녀에게 사랑의 감정을 느끼지만, 미처 사랑 고백을 하기 전에 다른 남자와 결혼해 버린다. 그런데 '나'는 슬퍼하기는커녕 쓰루가 자신을 희생하는 마음으로 원치 않는 결혼을 선택한 것이라고 멋대로 상상의 나래를 편다. "나 자신은 인류의 입장에서 모든 것을 바라본다"『잡감(雑感)』, 1920라는 소설 속 '나'의 발언은 곧 무샤노코지 사네아쓰의 신념을 나타내는 말이었다.

이처럼 시라카바파 동인들은 특유의 인터내셔널리즘을 기반으로 한 인도주의를 공유하고 있었다. 나아가 무릇 인간은 '인류'의 일

『행복한 사람』(1911) 표지

원이면서 "티 없이 깨끗한 세상에서 삶을 향유하는 생명체"『다케자와 선생이라는 사람(竹沢先生と云ふ人)』1914~15이기도 하다는 나가요 요시로長与善郎의 주장처럼 시라카바파 동인들은 점차 범신론적 자연관에 빠져든다. '자기'의 내면을 응시하는 것으로 '자연'을 느끼고, 대자연과의 일체화를 지향해 간 점에서 메이지 시대의 '자연'관을 계승하는 측면도 갖는다. 또한, '자기'를 응시하는 점에서 '사소설'과도 연결된

다. 다만, 시라카바파의 경우 모델이 설령 작가 자신이라 하더라도 3인칭 시점을 택하는 경우가 많은데, 무샤노코지와 몇몇 시라카바파 동인들은 '나'라는 1인칭을 있는 그대로 드러냄으로써 예술과 실생활의 거리를 제로에 가깝게 좁히려는 새로운 시도를 모색했다.

무샤노코지 사네아쓰의 뒤를 이어 시라카바파를 실질적으로 이끌어간 인물은 시가 나오야이다. 시가 나오야는 시라카바파 동인 이전에 다이쇼 문단의 리더이기도 했다. 후속 작가들에게 미친 영향만으로 보면 시가 나오야의 존재는 소세키나 오가이를 능가한다. 훗날 '소설의 신', '문장의 신'이라는 별명을 갖게 된 데에는 그만 한 이유가 있었다. 다음은 시가 나오야가 자신의 가족 이야

기를 제재로 삼은 『오쓰 준키치大津順吉』의 한 장면이다. 주인공 '나'가 연모의 정을 느끼던 여성^{하녀}이 아버지의 음모로 쫓겨난 후, 아버지가 '나'를 "치정에 빠진 무모한 놈"이라고 매도하는 장면이다.

나는 그때처럼 화가 솟구치는 경험을 해 본 적이 없었다. 그토록 화가 났던 이유는 그때나 지금이나 잘 알고 있다. 만약 옆에 사람이라도 있었다면 나는 베니티^{vanity : 허영심} 때문에 그렇게 하지 못했을 거라는 것도 알고 있었다. 그래도 분노를 감추지 않았던 것은 왠지 그렇게 해보고 싶었기 때문이다. 그것은 노력해서 억누를 필요가 없다는 생각은 예나 지금이나 변함 없다.

나는 가벼운 양철 상자로는 성에 차지 않아 선반에서 철로 된 아령을 꺼내 있는 힘껏 방바닥으로 내동댕이쳤다.

아령은 육첩 다타미를^疊 한 칸 정도를 가로질러 날아오르더니 방구석 책상을 넘어 장지문을 치고는 둔탁한 소리를 내며 책상 안쪽으로 나뒹굴었다.

훗날 평론가 고바야시 히데오小林秀雄는 시가 나오야에게 경의를 담아 '고대인', '울트라 에고이스트'라고 칭하기도 했다. 소설 속 화자는 철저히 지금 '현재'를 충실히 묘사하는 것으로 나중에 반성의 여지가 끼어들 틈을 봉쇄해 버린다. 좋고 나쁨이 윤리보다 중시되어야 한다고 주장하며, '쾌快'와 '불쾌不快'라는 두 단어로 세계를 명쾌하게 이분한다. 이것이 시가 나오야 문학의 정수이다.

시가 나오야 문학이 당면한 가장 큰 과제는 아버지와의 불화였다.『오쓰 준키치』에서 보여준 아버지와의 불화는『화해和解』1917에 이르러 해소된다. 이후 작품활동이 뜸해지는데, 자기파멸형 '사소설'에 대비되는 '자기조화형'이라는 평가를 받기도 한다. 자신이 처한 위기 상황을 창작을 통해 해소하고, 그것이 해결되면 미련 없이 붓을 던져버리지만, 그렇다고 해서 모든 작품을 자신의 실생활에만 초점을 맞추진 않는다. 예컨대,『면도칼剃刀』1910이라는 소설은, 이발사가 손님의 목 부위를 면도할 때마다 면도칼이 목을 베는 상상을 하며 일종의 강박증을 느껴오다 어느 날 우려하던 일이 마침내 벌어진다는 내용을 담고 있다. 묘사 방식이 매우 섬세하여 현실을 뛰어넘는 지극히 '현실'적인 '비현실'의 세계를 그린 것으로 평가되고 있다.『세이베와 조롱박清兵衛と瓢箪』1913[6],『아카니시 가키타赤西蠣太』1917[7] 등 설화를 다룬 작품도 다수 집필했다.

시가 나오야의 유일한 장편으로 알려진『암야행로暗夜行路』는

---

6 조롱박을 만드는 데 혼신의 힘을 다하는 소년의 장인정신을 그린 소설. 소년과 소년을 이해하지 못하는 어른의 세상을 대비시켜 보임.

7 에도시대 센다이번(仙台藩)의 다테(伊達) 가문에서 일어난 가독세습분쟁을 소재로 한 시가 나오야 유일의 역사소설.

1921년부터 1937년까지 무려 16년에 걸쳐 집필한 대작이다. 주제가 꽤나 파격적인데, 조부와 어머니 사이에서 태어난 도키토 겐사쿠의 이야기이다. 있어서는 안 될 출생의 비밀을 간직한 그는, 한때 행복한 가정을 꾸리기도 하지만 아내의 정조를 끊임없이 의심하며 고뇌한다. 다음 장면은 불치의 병에 걸려 생사를 오가는 주인공을 묘사한 소설의 결말 부분이다.

시가 나오야

극도로 피곤한 상태였지만, 그것은 뭔가에 도취된 듯한 느낌으로 다가왔다. 그는 자신의 정신과 육체가 지금 이 거대한 자연 속으로 녹아들어 가는 것을 느꼈다. 그 자연이라는 것은 티끌처럼 작은 그를 무한한 크기의 기체로, 눈으로는 확인할 수 없지만 그 속으로 녹아들어 가는 ― 그곳으로 환원하는 느낌인데, 그야말로 형언하기 어려운 쾌감을 안겨주었다. 아무런 불안 없는, 깜빡 졸면서 잠에 빠져드는 것 같은 느낌이랄까. (…중략…) 그는 지금 자신이 영원으로 통하는 길로 한 발 내딛고 있음을 느꼈다. 그는 죽음이 전혀 공포스럽지 않았다. 설령 이대로 죽는대도 아무런 여한이 없었다. 그러나 영원으로 통하는 것이 곧 죽음이라는 생각은 하지 않았다.

위의 장면은 삶과 죽음은 극과 극처럼 보이지만 실은 맞닿아 있음을 일깨워준다. 자기 안에 자리한 자연과 바깥의 자연이 조화를 이루는 것. 도랑에 빠진 쥐가 살기 위해 몸부림치는 장면을 직접 눈앞에 마주한 것처럼 정밀하게 묘사한 『기노사키에서城の崎にて』1917[8]를 떠올리게 한다. 시가 나오야만큼 시라카바파가 지향한 범신론적 자연관을 충실히 재현한 이도 드물다고 하겠다.

*

아리시마 다케오有島武郎는 시라카바파 동인이지만 이들과는 조금 다른 길을 걸었다. 내부 비판자의 역할을 한 인물로 평가받기도 한다. 아리시마의 부친은 대장성 관료에서 실업계로 전환해 많은 부를 축적한 신흥 부르주아 계급의 전형적 인물이다. 엘리트 코스를 밟아간 아리시마는 가쿠슈인대학 시절에 황태자의 친구로

---

8 전차에 치여 중상을 입게 된 작가가 온천에서 휴식을 취하던 중, 지금까지 눈여겨 보지 않았던 작은 생명체들도 각자 치열하게 살아가고 있음을 깨닫는다. 치밀한 관찰력과 섬세한 묘사가 돋보이는 작품.

선발되기도 했다. 아리시마 역시 아버지와 극심한 불화를 겪었는데, 그 양상은 시가 나오야와 전혀 달랐다. 삿포로농학교 시절 니토베 이나조新渡戸稲造의 영향으로 기독교에 입신했지만, 영육靈肉 불일치로 고뇌와 번민을 거듭하다 미국 유학 중 신앙을 완전히 놓는다. 사회와 개인의 갈등을 현실적으로 응시하게 되면서다.

같은 시라카바파이자 아리시마의 친동생인 사토미 돈里見弴은 이렇게 말한다. "뭐든 하고 싶은 일을 하면 된다", "마음 가는 대로라면 무엇을 한들 좋지 않을까", "진심으로 무언가를 하고 싶어하는 마음, 바로 이것이 내가 평생 모은 재산의 전부이다"『다정불심(多情仏心)』, 1922~23라고. 사토미 돈 역시 시라카바파 특유의 자기긍정의 면모를 보이지만 형 아리시마의 그것과는 결이 다르다.

아리시마의 아내는 1916년 28세라는 젊은 나이에 결핵에 걸려 사망한다. 아내를 잃은 아리시마가 아들 셋에게 남긴 편지 형식의 에세이『어린 아이들에게小さき者へ』1918는 마음을 뭉클하게 하는 명작이다.『한 송이 포도一房の葡萄』1922는 아이들에게 전하는 동화이다. 그의 대표작으로 꼽히는 장편소설『어떤 여자或女』1919는 구니키다 돗포의 아내 사사키 노부코佐々木信子를 모델로 하고 있다. 주인공 사쓰키 요코는 결혼을 약속한 기무라의 속물근성에 염증을 느껴 미국으로 떠난다. 미국으로 향하는 배 안에서 선원 구라치를 만나 불같은 사랑에 빠진다. 결국, 미국행을 포기하고 되돌아오는

데, 요코를 기다리고 있는 것은 스캔들의 주인공, 불륜녀라는 딱지였다. 요코는 그 이전부터 여성에 대한 편견이 만연한 일본 사회한가운데 내던져져 있었다. 여성의 경제적 자립 또한 쉽지 않았던시대였다. 생활고를 견디다 못한 요코는 기무라에게 금전적으로기댈 수밖에 없게 되고, 기무라와 구라치 사이에서 고뇌하던 끝에심신의 병을 얻어 비극적 죽음을 맞게 된다. 사회 밑바닥에서 치열하게 삶을 이어가는 인간군상을 그린 출세작『카인의 후예カインの末裔』1917[9] 이래 아리시마는 일관되게 사회와 개인의 격렬한 투쟁을 그려왔다. 그는 자신이 소유한 광활한 홋카이도 농장을 소작인에게 무상으로 배분한 것으로도 잘 알려져 있다. 부르주아 계급에대한 그의 인식은 사망하기 한 해 전 발표한『선언 하나宣言一つ』1922에 집약되어 있다. 그의 파란만장한 삶은 유부녀 하타노 아키코波多野秋子와의 동반자살로 막을 내린다. 관동대지진 발발 직전인 1923년 한여름의 일이었다.

9 　홋카이도의 척박한 땅과 그곳에서 노동력을 착취당하는 소작농들의 고된 현실을그리고 있다.

3. 『신사조新思潮』와 다이쇼 교양주의

『신사조』는 도쿄제국대학에 재학 중인 작가 지망생들이 모여 간행한 동인잡지이다. 오사나이 가오루小山内薫를 비롯해 다니자키 준이치로, 아쿠타가와 류노스케, 구메 마사오久米正雄, 도요시마 요시오豊島與志雄, 기쿠치 간菊池寬, 야마모토 유조山本有三 등을 배출했다. 제1차에서 제4차에 이르기까지 시기별로 구분하는데, 아쿠타가와 등을 배출한 제4차 『신사조』가 가장 잘 알려져 있다. 제

제4차 『신사조』 창간호, 1916

4차 『신사조』 창간호1916에 실린 아쿠타가와의 문단 데뷔작 『코鼻』는 소세키의 극찬을 받은 것으로도 유명하다. 아쿠타가와, 기쿠치 간 등의 소설 기법은 신기교파, 신이지파로 분류되기도 한다.

"인생은 한 줄의 보들레르에 지나지 않는다"『어느 바보의 일생(或阿保の一生)』, 1927라는 말을 남긴 아쿠타가와. 그가 지향한 문학의 본질은 예술지상주의에서 찾을 수 있으며, 자신의 실생활을 폭로하는 '사소

설'이 대세를 이루었던 동시대 문학 풍조와 일선을 긋는다. 그 점은 탐미파와도 상통한다. 『라쇼몽羅生門』1915을 기점으로 실생활과 거리를 두고 이를 냉소적으로 응시한다. 일상성에 매몰되기보다 예술을 창조하는 데에서 의미를 찾고자 한 것은 『게사쿠 삼매경戱作三昧』1917, 『지옥변地獄変』1918[10] 등에서 구현되고 있다. 『가을秋』[11]과 같은 현대적 감각의 소설도 뛰어나지만, 무엇보다 그의 문학의 정수를 이루는 것은 번안물과 『라쇼몽』 등의 왕조물, 『봉교인의 죽음奉教人の死』1918[12] 등의 기독교물, 『무도회舞踏会』1920[13] 등의 개화물이 아닐까 한다. 『게사쿠 삼매경』은 『난소 사토미 팔견전』의 계보를 잇는 작품으로 만년의 다키자와 바킨을 주인공으로 한다. 낮 동안 일상의 잡다한 일에 얽매여 신경이 날카로워져 있던 바킨이 밤이 되어 창작에 몰두하는 사이 비로소 심신이 이완되는 환희를 맛본다는 내용이다.

---

10   주인공인 화가 요시히데가 호리카와 영주를 위해 지옥변 병풍을 그리기로 한다. 요시히데는 그림이 잘 풀리지 않자 점점 미치광이가 되어가고, 사실적인 묘사를 위해 실제로 사람을 불태우기로 한다. 지옥변 병풍을 멋지게 완성한 요시히데는 불태운 이가 다름 아닌 자신의 딸이라는 사실을 알게 되고, 얼마 후 스스로 목숨을 끊는다.

11   자매와 사촌 오빠의 삼각관계. 그 사이에서 흔들리는 마음을 서정적으로 그린 소설. 예술지상주의 작가로서 알려졌던 아쿠타가와가 현실의 일상 세계로 관심을 돌리는 시발점이 되는 작품으로 평가받고 있다.

12   교회에서 억울하게 추방된 젊은 사도가 화재로 순교하는 이야기.

13   로쿠메이칸의 화려한 무도회에 참석했던 소녀가 어른이 되어 그 시절을 회상하는 소설.

이때 마치 왕 같은 그의 눈에 비쳤던 것은 이해도 아니고 애증도 아니다. 하물며 비난과 칭찬에 번민하는 마음 따위는 완전히 사라졌다. 존재하는 것은 오로지 불가사의한 기쁨이었다. 또는 황홀한 비장의 감격이다. 이 감격을 모르는 자에게 어떻게 게사쿠 삼매경의 심경을 설명할 수 있단 말인가. 어떻게 작자의 엄숙한 영혼을 이해시킬 수 있단 말인가. 그렇게 '인생'은 모든 잔재를 씻고 마치 새로운 광석처럼 아름답게 작가 앞에 빛나고 있지 않은가……

인생은 곧 예술이라고 믿었던 동시대 문단이 아쿠타가와의 작품을 폭넓게 수용하지 못했던 것도 사실이다. 오늘날 그의 대표작으로 꼽히는 소설들도 발표 당시의 평가는 썩 좋지 못했다. 이를

테면, "인생을 진지하게 살아가지 않는다"는 식의 비판이 제기되기도 했다. 아쿠타가와는 1923년부터 '야스키치물保吉もの'[14]로 일컬어지는 사소설 경향의 작품을 연이어 발표하며 그간의 작풍에서 크게 벗어나게 된다.

동시대에 유포된 '다이쇼기 교양주의'라는 것은, 세상의 고전이라는 고전은 다 섭렵하며 독서와 사색, 일기를 통해 내면의 성찰과 인격을 가꾸어간 이들을 일컫는 말이다. 이른바 '소세키 산맥'이라고 불리는 소세키의 제자들이 그 대표적 존재이다. 근대 개인주의가 바야흐로 새로운 세대에게 계승되기 시작했음을 의미한다. 소세키와 오가이가 마지막까지 '개인'과의 고투를 이어갔다면, 다이쇼기 교양주의자들은 소박하게 그 가치를 믿는 데에서 출발하고 있다. 인격을 도야하고 그것을 실천해 가는 과정을 기록한 아베 지로阿部次郎의 『산타로의 일기三太郎の日記』[1914]는 동시대 청년 지식인들에게 다대한 영향을 주었다. 구라타 햐쿠조倉田百三는 『사랑과 인식의 출발愛と認識との出発』에서 다음과 같이 말한다. "사람 눈에 띄지 않게, 옵스큐어obscure : 미약하게하게, 내면의 자기에게 철저하며, 스스로 만족하는 삶을 살아가는 이가 있다면, 나는 그 사람을 우러러 존경할 것이다"라고. 구라타의 이 한 구절은 시라카바파 역

14 『야스키치의 수첩에서(保吉の手帳から)』(1923)를 시작으로, 야스키치를 주인공으로 한 단편소설을 총칭하는 말.

시 다이쇼기 교양주의를 정신적 토양으로 삼고 있음을 보여준다. '인격'의 '도야'야말로 다양한 유파를 넘어 다이쇼기 문학을 지배한 이념이 아닐까 한다.

여기서 말하는 '인격'의 의미는 오늘날 우리가 사용하는 것과 조금 결을 달리한다. 당시의 '인격'이라는 개념은 생명사상에 비견되는 일종의 신앙과 같은 것이었다. '자기' 내부의 생명을 응시하는 것이 곧 자연, 우주의 보편적 진리에 도달하는 유일한 수단이라고 여겼다. 사회주의운동에 깊이 몸담았던 오스기 사카에大杉栄는 『생의 창조生の創造』1914라는 글에서 "사회의 진화"는 "자아의, 개인적 발의의, 자유와 창조"에 있다고 주장했다. 일본 여성해방운동을 대표하는 잡지 『청탑靑鞜』 창간호1911에 실린 히라쓰카 라이초平塚らいてう의 선언문에도 이와 유사한 발상이 엿보인다.

원시 여성은 태양이었다.

진정한 사람이었다.

지금 여성은 달이다.

타인에 의존하여 살고,

타인의 빛에 의해 빛나는 병자와 같이 창백한 얼굴의 달이다.

우리는 숨겨진 우리의 태양을 지금 되찾아야만 한다.

숨겨진 나의 태양을, 숨겨진 천부적인 재능을 드러내라.

이것은 우리 내부를 향한 끝없는 외침,

억누를 수 없고 사라지지 않는 갈망,

모든 잡다한 부분적 본능이 통일되는 마지막의 전인격적인 유일한
본능이다.

「태초 여성은 태양이었다元始女性は太陽であった」라는 제목으로 널리
알려진 이 선언문의 밑바닥에 흐르는 것은 선禪의 '견성見性'이라는
개념이다. 즉, 자기 본래의 심성에 파고들어 깨달음에 이르는 것인
데, 개인에 철저히 하여 보편적 진리에 도달하고자 하는 이러한 발
상은 사회주의사상, 자유주의사상을 불문하고 동시대 공통의 가치
관이기도 했다.

『청탑』 창간호

『청탑』이 내걸었던 '신여성新しい女'이
라는 기치는 동시대의 주요 개념으로 자
리 잡았다. 이 잡지가 창간된 1911년은,
마쓰이 스마코松井須磨子를 주인공으로 한
입센의 『인형의 집』이 제국극장에 내걸
린 해이기도 하다. 이듬해 1월에 『청탑』
은 『인형의 집』 주인공 '노라'를 표제어
로 특집호를 꾸민다. 이 안에서 『인형의
집』을 둘러싼 다양한 논의들이 오가는

데, '신여성'과 대비되는 이미지로 '현모양처良妻賢母'가 조명되었다. 이때의 '현모양처'는 단순히 봉건시대 부덕의 잔재가 아닌, 메이지 후반에 강조된 '가족국가'론을 바탕으로 새롭게 만들어진 근대적 개념이다.

1907년메이지 40을 전후해서 젊은 여성들의 '타락'을 우려하는 논설이 미디어에 흘러넘치기 시작했다. 이것은 국가 이데올로기가 일본 사회를 장악해 가는 데에 반발하는 세대가 특히 여성을 중심으로 대두되었음을 의미한다. 히라쓰카 라이초와 소세키의 제자인 모리타 소헤이森田草平가 동반자살 미수사건을 일으킨, 이른바 '매연사건煤煙事件'은 그 양상을 잘 보여준다. 소헤이가 이를 소설 『매연煤煙』을 통해 폭로하면서 라이초뿐만 아니라 '신여성'의 이미지는 스캔들로 덧칠되어 사회의 따가운 시선을 받아야 했다. 라이초도 당시를 회고하며 『언덕峠』이라는 제목의 소설을 발표했지만 『매연』만큼 큰 주목은 받지 못했다.

『청탑』은 이토 노에伊藤野枝, 노가미 야에코野上弥生子, 오카모토 가노코岡本かの子, 가미치카 이치코神近市子 등 여류작가들을 배출한 것으로도 잘 알려져 있다. 그 가운데 가장 활발하게 작품활동을 한 것은 다무라 도시코田村俊子였다. 자아에 눈뜬 여성을 자연주의 리얼리즘 수법으로 그린 『단념あきらめ』1911[15]으로 문단 데뷔한 이래 『미이라의 립스틱木乃伊の口紅』1913, 『여작가女作者』1913 등을 연이어 발표했다. 소세키

에게 사사받은 바 있으며, 다이쇼기 교양주의의 사생아라고 불리는 노가미 야에코도 걸출한 여류작가 중 하나다. 난파되어 표류 중인 배 안에서 벌어지는 극한 상황을 그린 『해신환海神丸』1922[16]을 비롯해 『마치코真知子』1931[17], 『미로迷路』1948[18] 등의 장편소설을 남겼다.

*

자연주의는 다이쇼기에도 소멸하지 않고 히로쓰 가즈오広津和郎, 가사이 젠조葛西善蔵, 다니자키 세이지谷崎精二 등으로 그 명맥을 이어 간다. 동인지 『기적奇蹟』을 간행하기도 했다. 이 가운데 가사이 젠 조는 사소설을 대표하는 작가로 성장했다. 그의 대표작인 『아이를 데리고子をつれて』1918는 가난한 소설가가 주인공이다. 월세가 밀려 살던 집에서 내쫓길 위기에 처한 데다 돈을 구해 보겠다고 나 간 아내마저 돌아오지 않는다. 두 아이를 데리고 정처 없이 떠돌 던 주인공은 이렇게 절규한다.

---

15 『미이라의 립스틱』과 『여작가』와 함께 작가 자신의 실생활을 소재로 삼은 소설.

16 배가 난파되어 두 달 동안 표류하며 겪는 극한 상황을 그린 소설.

17 중상류층 가정에서 자란 여성이 사회운동에 뛰어들어 상처를 입으면서도 사랑에 눈떠가는 모습을 그린 소설.

18 전향 지식인의 눈을 통해 격동하는 쇼와 10년대의 사회상을 묘사한 소설.

습기를 가득 머금은 캄캄한 밤바람이 기분 좋게 불어오는 수로 위로 텅 비다시피 한 전차가 빠른 속도로 지나간다. 살아남을 수 없을 거야! 라고 말하는 K의 얼굴과 경찰의 얼굴. 그런데 그게 뭐 어떻단 말인가.

"아이들마저 자네에게 휘말리게 해선 안 되지 않은가?"

그렇다! 그건 분명 무서운 일이다!

그런데 지금은 다만, 그의 머리도 몸도, 그의 아이들처럼, 휴식이 필요하다.

최소한의 생계도 유지하지 못할 만큼 궁지에 몰린 주인공의 모습은, 글을 쓰는 것만으로는 먹고 살기 힘든 사회, 즉 예술과 실생활 사이에서 힘겨운 사투를 벌이는 작가 자신의 모습이기도 하다. 이러한 작풍은 자기파멸형 사소설의 전형이라고 할 수 있다. 특히 만년 작품인 『술 취한 미치광이의 독백酔狂者の独白』1927에서는 술에 찌들고 병으로 사그라져 가는 모습을 장대하게 기록하고 있다.

히로쓰 가즈오는 일관되게 지식인의 모습을 추궁해 간 작가이자, 다이쇼기 교양주의가 설파하는 '인격'에 경도되면서, '감각'이나 '신경'이라는 새로운 용어를 통해 자신만의 문학세계를 추구해 간 작가로 평가되고 있다. 젊은 신문기자의 우울을 토로한 그의 대표작 『신경병 시대神経病時代』1917는 사소설의 전형을 이룬다. 사토 하루오의 『전원의 우울』과도 분위기가 흡사하다.

『곳간 속藏の中』1919, 『고통의 세계苦の世界』1919[19]로 강렬한 인상을 남기며 등단한 우노 고지宇野浩二도 사소설 작가를 이야기할 때 빼놓을 수 없다. 『곳간 속』은 권태로운 일상을 보내던 중년의 작가가 옷을 전당포에 맡기러 가는데, 그곳에서 자신의 옷을 하나하나 햇볕에 말리는 여성의 모습에 매료된다는 내용이다. 다음은 소설의 시작 부분으로, 유머와 페이소스로 가득한, 바로 옆에서 이야기를 들려주듯 자연스럽게 써내려간 요설체가 돋보인다.

그리고 나는 전당포에 가려고 생각했습니다. 내가 전당포에 간다는 것은 물론 저당 잡힌 물건을 찾으러 간다는 의미는 아닙니다. 나에게는 지금 그럴 만한 금전적 여유가 없습니다. 그렇다고 해서 또 저당 잡힐 물건을 가지고 가는 것도 물론 아닙니다. 나는 지금 저당 잡힐 만한 옷가지 하나도 물건 하나도 가지고 있지 않습니다. 그것만이 아닙니다. 지금 내가 몸에 걸치고 있는 옷까지 저당 잡혀 있습니다.

(…중략…)

그리고 내가 전당포에 가려고 마음먹었던 것은 ─ 이야기가 자꾸 옆길로 새는 것을 용서해 주시기 바랍니다. 모쪼록 제 두서없는 이야

---

19 빈곤과 동거녀의 히스테리로 고통받는 남자의 고백을 요설체로 그리고 있다.

기를 여러분께서 잘 헤아려 들어주셨으면 합니다. 부탁드립니다.

　꾸밈없고 유머러스한 문체를 사소설 풍의 몽환적인 분위기 속에 잘 녹여낸 것으로 유명한 우노 고지의 작풍은 이후 등장하는 다카미 준高見順, 다자이 오사무太宰治의 작품세계에서도 엿볼 수 있다. 끝도 없이 이어지는 이야기. 이것은 인격의 성장을 직선적으로 이야기하는 화법에 반기를 든 것이자, 메이지기의 언문일치체처럼 말하는 대로 쓰는 것, 즉 기성의 리얼리즘을 개혁하려는 시도이기도 했다. 사토 하루오는 미타파, 히로쓰 가즈오와 우노 고지는 와세다 계열에 속해 있었지만, 그들 앞에는 다이쇼기 중반부터 기성 유파에 속하지 않으며 자신들만의 확고한 위치를 갖게 된 '개인'이라는 개념을 근본부터 뒤흔드는 지각변동이 기다리고 있었다.

마르크시즘과 모더니즘

1923년^{다이쇼 12} 발발한 관동대지진은 동시대 문단을 크게 강타했다. 천재지변에 맞닥뜨린 문학자들은 노장사상의 체념에 빠져들었고, 이것이 '심경소설'의 등장을 앞당겼다. 소비에트 문화와 미국 문화가 일본 사회에 본격적으로 유입되는 것도 바로 이 무렵이었다. 뒤이은 마르크시즘과 모더니즘은 쇼와시대 문학의 근간을 이루는 중요한 기둥이었다. 대지진으로 모든 것이 파괴된 도쿄는 눈부신 속도로 복구되어 대중소비사회를 이끌어가는 현대도시로 탈바꿈해 갔다. 마르크시즘은 창작 모티프가 되었던 점에서 적지 않은 의미를 가지며, 이후 인텔리겐치아들에게 신앙처럼 떠받들어졌다.

흔히 근대문학에서 현대문학으로의 이행을 아리시마 다케오와 아쿠타가와 류노스케의 자살을 들어 설명한다. 계급투쟁에서 자신의 한계를 느껴 『선언 하나』를 남기고 자살한 아리시마와 "미래에 대한 막연한 불안감"이라는 글귀를 유서에 남기고 자살한 아쿠타가와. 1923년과 1927년에 있었던 이 두 사람의 자살은 그 자체로 막다른 골목에 다다른 기성 문단의 한계를 상징한다.

1. 심경소설의 탄생

'인격도야'라는 개념은 1910~20년대 문단을 강하게 지배하며 하나의 가치관으로 자리매김해 갔다. 이때 생명사상과 함께 자기 자신을 응시하는 태도가 중시되었다. 그것을 깨달아가는 과정을 글로 표현하는 것이 '소설'의 사명이라고 믿었다. 그 결과 '심경소설'이라는 장르가 탄생했다. '도야'에 역점을 둔, '사소설'을 보다 순화시킨 형태였다. 시가 나오야는 이 심경소설을 높이 평가했다. 그는 『기노사키에서』[1917]라는 작품에서, 척추 카리에스^{결핵균이 척추로 들} ^{어가 발생하는 병} 증세가 있는 주인공을 통해 "살아있는 것과 죽은 것, 그 것은 상반된 일이 아니다. 별 차이 없는 일이다"라는 깨달음에 도 달하는 과정을 그린다. 그 외에도 『모닥불焚火』[1920][1], 가사이 젠조의 『호반수기湖畔手記』[1924][2], 『모밀잣밤나무의 어린잎椎の若葉』[1924] 등이 심

---

1   아카기산(赤城山)에서 캠프를 하며, 일상의 경험이나 논리로는 풀 수 없는 초자 연적인 현상에 대해 각자 이야기를 풀어 놓는다.

2   몸이 약한 주인공이 닛코(日光) 온천을 찾아 살아 숨쉬는 자연을 느끼며 심신을

경소설에 속한다. 이 무렵은 자연주의 대 반자연주의라는 틀이 무너지고 문단의 지형이 바뀌어 가고 있던 때였다.

아쿠타가와 류노스케가 시가 나오야의 영향을 받아 그간의 자신의 작풍을 부정하기라도 하듯 '야스키치물'이라고 일컬어지는 사소설을 써내려간 것도 이러한 경향과 깊은 관련이 있다. 『신기루蜃気楼』1927, 『톱니바퀴歯車』1927[3] 등의 만년 작품은 다니자키 준이치로와의 논쟁소설 줄거리를 둘러싼 논쟁에서 주장한 '시적 정신'을 체현한 것이자, 아쿠타가와 나름의 '심경소설'의 실천이기도 했다. 시가 나오야와 마찬가지로 사생관을 엿볼 수 있는데, 아쿠타가와의 경우 죽음을 예감하는 자신을 자기대상화self-objectification하는 방법을 획득한 것으로 보인다. 다음은 『사후死後』1915에 등장하는 장면 중 하나이다.

꿈속의 나는 찌는듯한 거리를 S와 함께 걷고 있었다. 자갈이 깔린 길바닥 폭은 겨우 1간1間, 약 1.82 미터 9척9尺, 약 2.72 미터이 될까 말까 했다. 그리고 어느 집에서나 볼수 있는 흔한 카키색 차양막이 드리워져 있었다.

"자네가 죽을 거라고는 생각지 못했네."

S는 연신 부채질을 해대며 이렇게 나에게 말했다. 가엽게 여기는

치유해 가는 모습을 담고 있다. 『모밀잣밤나무의 어린잎』도 이와 유사하다.

3 『신기루』, 『톱니바퀴』, 두 작품 모두 '나'의 일상을 엄습하는 광기, 죽음, 초상현상 (超常現象) 등을 그리고 있다.

아쿠타가와 류노스케가 만년에 그린 갓파 그림

듯했지만, 그 마음을 노골적으로 표현하는 걸 꺼리는 듯한 말투였다. (…중략…) 나는 내가 죽었다는 사실이 그렇게 슬프게 생각되지는 않았다. 다만 뭔가 S에게 보이고 말았다는 사실이 수치스러울 뿐이었다.

사후의 자신을 응시하는 또 하나의 자신과 꿈속의 자신을 꿈에서 깨어나 다시 떠올리는 또 하나의 자신이 있다. 유고작이 된 『톱니바퀴』에는 "죽음은 나라는 존재가 아닌 제2의 나에게 찾아오는 것일지 모른다"며 '이중자아Doppelgaenger'를 의식한 발언도 보인다. 이러한 자기분열은 이후의 소설에서 중요한 모티프로 기능한다. 근대문학과 현대문학을 이어주는 가교역할을 하던 아쿠타가와는 안타깝게도 스스로 목숨을 끊는다. 쇼와시대가 열리고 얼마 되지 않은 1927년, 쇼와 2년의 일이었다.

2. 프롤레타리아 문학의 융성

사카이 도시히코堺利彦가 주도해 간 메이지기 사회주의 문학은 대역사건으로 인해 당분간 숨 고르기에 들어간다. 그런 와중에 다이쇼 데모크라시의 영향을 받은 노동자들이 자신의 경험을 직접 소설화하기 시작했다. 미야지마 스케오宮島資夫의 『갱부坑夫』1916와 미야치 가로쿠宮地嘉六의 『방랑자 도미조放浪者の富蔵』1920가 그것인데, 전자는 탄광으로 흘러들어오게 된 탄광 노동자 이야기이고, 후자는 초등학교 졸업과 함께 전국 각지를 떠돌며 직공으로 일했던 작가 자신의 체험을 담아낸 것이다. 두 작품 모두 노동자의 삶을 소박한 리얼리즘으로 묘사한 걸작이다.

1921년에 잡지 『씨 뿌리는 사람種蒔く人』이 창간되었다. 창간 당시는 아키타秋田에서 인쇄한 팸플릿 형태로 간행했는데, 점차 도쿄에 기반을 둔 좌익운동의 거점으로 성장해 간다. 창간 당시의 동인은 고마키 오미小牧近江, 가네코 요분金子洋文, 이마노 겐조今野賢三 등이며, 시라토리 세이고白鳥省吾, 후쿠다 마사오福田正夫 등 민중시파의 시와 무샤노코지 사네아쓰의 반전시가 실렸다. 아리시마 다케오로부터 간행 자금을 지원받는 등 유파를 초월한 면모가 돋보이는 잡지다. 아오노 스에키치青野季吉가 평론을 발표하기 시작하면서 프롤레타리아 문학의 성격이 짙어졌다. 관동대지진의 혼란을 틈타 탄압이 가중되어 폐간을 피하지 못했으나, 조선인 학살 사건, 가메이도 사건亀戸事件[4] 등을 보도한 '제도진재帝都震災 호외호'와 같은 생생한 증언을 역사에 남겼다. 이렇게 프롤레타리아 문학은 일보 후진해 1924년 등장하는 『문예전선文藝戰線』을 기다려야 했다. 이듬해에는 일본프롤레타리아 문예연맹이 결성되면서 활동을 본격화한다. 1926년 말에 일본프롤레타리아 예술동맹으로 개편하면서 아나키즘 사상은 밖으로 밀려나고 구라하라 고레히토蔵原惟人를 오피니언 리더로 한 마르크스주의로 노선을 통일해 간다.

『문예전선』에 게재된 하야마 요시키葉山嘉樹의 『매음부淫売婦』1925[5], 구로시마 덴지黒島伝治의 『동전 이 전二銭銅貨』1926[6], 히라바야시 다이코平林たい子의 『시료실에서施療室にて』1927[7] 등은 작가 자신의 경험을 사실적으로 표현한 걸작이다. 특히, 하야마 요시키의 작품은 기존의 관념적이고 도식적인 프롤레타리아 문학 특유의 작풍에서 탈피해 인

---

4 [옮긴이] 1923년 9월 1일, 관동대지진이 발발하자 조선인을 둘러싼 괴소문이 돌기 시작했고, 일본 정부는 이튿날 긴급 칙령에 따른 계엄령 「조선인 폭동 단속」을 선포한다. 이에 가메이도 경찰서는 조선인 무차별 학살의 선두에 섰다. 이 가메이도 경찰서에 빗대 '조선인 대학살 사건'을 '가메이도 학살 사건'이라 부르기도 한다.

5 빈사(瀕死) 지경에 이른 젊은 여성을 앞세워 생계를 이어가는 궁핍한 이들을 그린 소설.

6 궁핍함에 내몰린 농민의 아들이 사고로 사망하게 되는 비극적인 이야기.

7 남편은 만주에서 폭탄 테러를 도모했다는 이유로 수감되고, 아내는 시료실(무료 의료시설)에서 홀로 아이를 낳게 되는 이야기.

간의 자연스러운 감정을 담담하게 묘사한 것으로 그 가치를 인정받고 있다. 다음은 대표작 가운데 하나인『바다를 살아가는 사람들海に生くる人々』1926의 한 장면이다.

"인간을 경멸할 권리는 그 누구에게도 없다. 또한, 타인의 생명을 부정하는 자는, 자신의 생명도 부정당할 것이다! 알겠는가"라고 외치며 그는 주저앉는 것도 잊은 채 그대로 서 있었다. 그는 살기 어린 눈빛으로 선장을 뚫어져라 응시한다. 그것은 흡사 맹렬히 불타오르는 불의 혼처럼 보였다.

스토키는 하다를 찌른 칼을 조용히 테이블 위로 던졌다.

선장은 피스톨을 꺼내 올 수 있는 상황이 아니었다. 그는 비로소 그가 무시해 왔던 저급한 인간에게서 고급의 그를 제압해 무릎을 꿇게 하는 위엄을 보았다. 그것은 아무것도, 정말 아무것도 가지지 못한 일개 노동자였다.

노동자 조직의 필요성이 대두되면서 실제 노동 현장에 몸담은 이들이 자신의 경험을 문학으로 풀어내기 시작했다. 일본프롤레타리아 문예연맹은 1927년부터 나카노 시게하루中野重治, 하야시 후사오林房雄 등 도쿄대 신인회新人会 출신 마르키스트들이 실권을 잡게 되는데, 하야마 요시키 등이 이에 반발해 노농예술가연맹労農芸術家連盟을

『전기』 창간호, 1928.5

만들어 다른 길을 걷게 된다. 이후, 노농예술가연맹은 마르크스주의와의 결별 문제로 갈등을 빚게 되고, 이에 대한 반성과 함께 대동단결을 주장했다. 그 일환으로 1928년 3월에 전일본무산자예술연맹나프을 결성해 기관지 『전기戰旗』를 간행한다. 노농예술가연맹과 연합하지 못했기 때문에 『전기』파와 하야마 요시키 등의 『문예전선』파는 그 후로도 대립각을 세운다. 대학 출신의 마르크시스트들과 노동자 출신 문인들의 대립이라고 할 수 있으며, 그런 의미에서 이후의 프롤레타리아 문학 운동의 역사는 인텔리겐치아가 그간의 노동문학을 담당해 온 이들을 쫓아내온 역사이기도 했다.

1918년 '대학령'이 공포되면서 대학이 속속 들어섰고 이를 통해 '지식인'이 대거 배출되었다. 자연스럽게 사회 계몽을 앞세운 엘리트주의가 설 자리를 잃게 되었다. 뒤이어 관동대지진까지 발발하면서 자본주의의 민낯이 드러나게 된다. "대학은 나왔지만……"이라는 말이 유행할 정도로 심각한 불황이 일본 사회 전체를 덮쳤고,

지식인은 자신의 역할을 찾지 못한 채 겉돌았다. 젊은 인텔리겐치아들이 새로운 혁명이론에 열광한 배경에는 이러한 사회 분위기가 자리한다. 잘 알려진 것처럼 마르크스 혁명이론의 최후의 승리자는 노동자 계급이며, 지식인은 과도기에 얼마간의 역할을 담당한 것에 지나지 않는다. 그런데 일본의 경우는 조금 특수하다. 지식인에 의한, 지식인을 위한 운동으로 시종일관했기 때문이다. 대학 출신의 인텔리겐치아들은 마침내 스스로를 프롤레타리아트의 '전위前衛'라고 규정하기에 이른다. 이러한 자기모순은 아리시마 다케오가 『선언 하나』에서 고백한 바 있다. 곧이어 등장하는 '전향문학'은 이렇듯 '대중'으로부터 이탈한 모습을 하고 있었다.

『전기』파 고바야시 다키지小林多喜二는 프롤레타리아 문학 운동 전반에 커다란 영향을 미쳤다. 소비에트 문화의 창구였던 홋카이도北海道 오타루小樽에서 성장한 고바야시는 도쿄로 상경해 구라하라 고레히토의 이론에 기대어 나프NAPF를 대표하는 작가로 활약한다. 부당한 노동 착취에 내몰린 선원들이 자신들의 목소리를 찾아가는 과정을 그린 『게잡이 공선蟹工船』1929은 발금発禁 위기를 벗어나 마침내 세상의 빛을 보게 된다. 독자들의 호응은 대단했다. 다음은 노동자들이 스트라이크를 일으키는 소설의 결말 부분이다.

"여러분, 드디어 때가 왔습니다. 오랫동안, 너무 오랫동안 우린 기다렸습니다. 우리는 초죽음이 되면서도 참고 또 참았습니다. 어디 두고 보자며. 그런데 마침내 때가 되었습니다. 여러분, 우선 첫째로 우리는 힘을 합쳐야 합니다. 우리는 무슨 일이 있어도 동료를 배신해서는 안 됩니다. 이 원칙만 철저하게 지키면 저놈들을 뭉개버리는 건 벌레를 죽이는 것보다 쉬운 일입니다. 그럼 두 번째는 뭘까요? 여러분, 두 번째도 힘을 합하는 것입니다. 낙오자가 단 한 명도 나와선 안 됩니다. 한 명의 배반자, 한 명의 배반자도 나와선 안 됩니다. 단 한 명의 배반자가 삼백 명의 목숨을 앗아간다는 사실을 알아야 합니다. 한 명의 배반자……."

"물론이지, 물론이야."

"맡겨둬."

"걱정 집어치우고 싸웁시다."

사방에서 저마다 한마디씩 했다.

"우리의 요구가 저놈들에게 먹혀들지 어떨지, 그 여부는 오로지 여러분의 단결력에 달려 있습니다."

앞서 기술한 『바다를 살아가는 사람들』과 유사한 모티프지만 결은 다르다. 하야마 요시키가 노동자 개개인의 성격이라든가 외모 묘사에 공을 들였다면, 고바야시 다키지는 노동자의 주의주장이 무엇인지 알리는 데 더 많은 지면을 할애했다. 그 결과, 노동자가 적대시하는 국가권력의 모습이 선명히 드러났다. 『문예전선』파와 『전기』파의 확연한 성향 차이를 보여주는 것이기도 하다.

고바야시 다키지는 1933년에 특고特高 : 특별고등경찰의 약칭. 정치운동이나 사상 운동을 단속하기 위해 특별히 설치한 경찰의 한 부서에 구속되어 고문을 받은 끝에 비극적인 죽음을 맞는다. 그의 유고작이 된 『전환시대転換時代』『당생활자(党生活者)』로 제목을 바꿔 간행한는 『중앙공론中央公論』에 게재되었는데 내용을 알아볼 수 없을 만큼 심각한 검열의 흔적이 남았다. 혁명성, 서정성을 두루 갖춘 고바야시 다키지의 작품은 좌익 문학과 민주주의 문학 운동에 두루 영향을 미쳤다.

이처럼 문학을 통해 정치성을 드러내기 위해서는 무엇보다 개인과 사회, 개인과 개인의 연대의 방향성이 중요한데, 나프의 경우 권력의 탄압을 받으며 정치 노선을 분명히 한 데 비해 그것을 작품으로 승화시키는 단계까지는 이르지 못했다. 당시 나프의 이론 투쟁의 최전선에 섰던 나카노 시게하루의 소설 역시 관념

고바야시 다키지의 『전환시대』(『중앙공론』, 1932.4)

성에 머물고 있으며, 서정성이 깃든 초기의 시 작품이 산문으로 개화하기까지는 1939년에 발표한 『노래의 이별歌のわかれ』[8]을 기다려야 했다. 그가 고민했던 대중, 정치와 문학, 반反식민지 투쟁, 아시아 노동자와의 연대 등을 둘러싼 문제는 전쟁 전 프롤레타리아 문학 운동이 짊어진 커다란 과제였으며, 그 모습 그대로 전후로 계승되었다.

3. 신감각파와 요코미쓰 리이치, 그리고 가와바타 야스나리

지금까지 관동대지진을 거쳐 마르크시즘의 영향이 두드러진 문학 양상을 살펴보았다. 이와 함께 모던걸·모던보이, 카페 등으로 상징되는 미국식 문화가 널리 확산되었는데, 대중소비문화의 세례를 받은 신세대 소설가들 사이에서 모더니즘 문학이 태동하기 시작했다. 기성 리얼리즘에 식상함을 느끼던 작가들까지 합류해 새로운 발표 무대를 찾아 나서면서 동인지 발간 붐이 일었다. 가지이 모토지로梶井基次郎, 요도노 류조淀野隆三, 미요시 다쓰지三好達

8　지방에서 고등학교를 졸업하고 도쿄의 대학에 입학하게 된 청년이 점차 순수한 감성(단카의 서정성)을 잃어가는 모습을 그린 자전적 소설.

治, 기타가와 후유히코北川冬彦 등의 활동무대가 된 『청공青空』1925~27, 아쿠타가와 류노스케, 무로 사이세이를 고문으로 하고 나카노 시게하루, 호리 다쓰오堀辰雄, 구보카와 쓰루지로窪川鶴次郎 등을 배출한 『당나귀驢馬』1926~28, 후지사와 다케오藤沢桓夫 등의 『합승 마차辻馬車』1925~27, 오자키 가즈오尾崎一雄 등 와세다대학 재학생이 중심이 된 『주조主潮』1925~26, 후나바시 세이치, 아베 도모지로를 배출한 『붉은 문朱門』1925~26, 고바야시 히데오, 나가이 다쓰오 등의 『청동시대青銅時代』1924와 『산견山繭』1924~29, 구노 도요히코久野豊彦가 주재하고 오다 다케오小田嶽夫, 요시유키 에이스케吉行エイスケ 등을 배출한 『포도원葡萄園』1923~31 등이 속속 간행되면서 쇼와문학을 이끌어 가게 된다. 1924년에 창간된 『문예시대文藝時代』는 동인지를 중심으로 모여든 젊은 작가들의 활동을 집약적으로 보여준다. 요코미쓰 리이치, 가와바타 야스나리를 중심으로 한 『문예춘추文藝春秋』계열의 작가가 그들인데, 평론가 지바 가메오千葉亀雄가 이름 붙여준 '신감각파'를 내걸고 새로운 시대를 이끌어가는 주역으로 자리매김해 간다.

　『문예시대』의 작풍은 창간호에 게재된 요코미쓰 리이치横光利一의 『머리, 그리고 배頭ならびに腹』1924에 잘 드러난다. 승객이 빽빽하게 들어찬 급행열차가 고장으로 멈춰서서 다른 열차로 갈아타는 상황을 그린 단순한 스토리다. "한낮이다. 급행열차는 사람들을 가득 태우고 전속력으로 달린다. 선로의 작은 역이 돌멩이처럼 묵살

된다"라는 소설의 첫머리는 신감각파의 출현을 알리는 신호탄으로 언급되고 있다. 여기서 사람과 사물이 등가를 이루는 비유의인법는 사실적 묘사의 틀을 뛰어넘은, 화자의 부활을 알리는 표현이기도 했다. 다음은 『머리, 그리고 배』의 한 장면이다.

차장은 마치 태엽 감은 인형처럼 말을 내뱉더니 아무 일도 없었던 듯 객차를 빠져나갔다. 승객들은 차장이 지나가자 플랫폼 쪽으로 우르르 몰려나왔다. 그들은 역무원을 발견하자 순식간에 그를 에워쌌다. 몇몇 승객들이 무리를 지어 다니며 목청을 높였다. 그러나 어느 역무원도 승객들의 질문에 제대로 대답하지 못했다. (…중략…) 확실한 것은 하나도 없었다. 어쩔 도리가 없는 일이었다. 그저 일진이 안 좋았을 뿐. 재수 옴 붙었다고 생각하는 일종의 운명론이 불안한 승객들의 머릿속을 지배하기 시작하자, 비로소 승객들은 부서지는 파도처럼 흩어지기 시작했다. 웅성거림은 중얼거림으로 바뀌었다. 쓴웃음으로 변했다. 급기야 그들은 망연자실해졌다.

이 소설에는 인명고유명사이 부재하다. 기계급행열차와 불특정다수의 '그들', 즉 군중이라는 이름의 '집단'만 존재한다. 달리 말해, 개별 인물이 아닌 '군중'이라는 이름으로 움직이는 모습을 묘사한다.

이것은 『상하이上海』1931[9]를 비롯한 요코미쓰 초기 작품의 큰 특징이라고 할 수 있다. 아주 사사롭고 우연한 일로 인간의 운명이 바뀔 수도 있다는 발상, 혹은 정보에 의해 움직이는 거대한 대중매스의 존재를 드러내 보이는 방식은 다이쇼기의 교양주의, 인간중심주의휴머니즘와 대비를 이루며 현대적 감각을 분출시켰다.

　신감각파의 출현은 제1차 세계대전 이후 등장한 서구 전위예술운동아방가르드과 관련이 깊다. 슈얼리얼리즘초현실주의으로 대표되는, 주관의 자유로운 발로를 통해 예정조화적인 질서를 파괴해 가고자 하는 발상이 그 밑바탕에 자리한다. 그 가운데 독일의 표현주의, 혹은 스위스 취리히에서 일어난 다다이즘 운동은 요코미쓰, 가와바타를 중심으로 한 모더니즘 계열 작가들에게 커다란 영향을 미쳤다. 특히, 다다이즘이 불교적 세계관과 연결되는 점에서 일본적인 특징을 내포한다. 인간을 형태가 있는, 구별 가능한 것으로 바라보는 실체론적인 발상과 일선을 긋고, 끊임없이 변화하고 유동하는 것으로 인식한 것도 빼놓을 수 없는 특징 중 하나다. 가와바타 야스나리의 『하늘에 떠도는 등空に動く灯』1924은 바로 이러한 발상을 작품으로 승화시킨 것이다.

9　상하이에서 일하는 일본인 은행원과 박복한 여인의 사랑 이야기. 격동의 아시아 역사를 엿볼 수 있다.

인간과 자연계 삼라만상을 선명하게 구분하기 위해 인간이 노력해 온 역사는 생각보다 꽤 길지만, 이것은 썩 유쾌한 일은 아니라오.

(…중략…)

윤회전생의 설을, 불타버린 들판에 핀 한 떨기 꽃과 같이 어여삐 여기지 않으면 안 되오. 인간이 펭귄이나 달맞이꽃으로 다시 태어난다는 의미가 아니라, 달맞이꽃과 인간은 하나라는 생각. 그것만으로도 인간의 마음은, 그러니까 사랑이 얼마나 커지고 평온해지는지 모른다오.

가와바타는 습작 시절부터 시가 나오야의 영향을 강하게 받았다. 가와바타는 고아로 성장한 자신의 불우한 유년 시절과 실연을 테마로 하여 『암야행로』에 버금가는 작품을 써보고자 했으나 번번이 좌절한다. 가와바타문학의 중심을 이루는 윤회전생 사상 역시 이러한 시행착오 끝에 잉태했다.

4. 모더니즘 문학의 계보

1930년대의 일본문학의 특징 중 하나로 인터내셜리즘을 들 수 있다. 아인슈타인의 상대성 이론, 하이델베르크의 불확정성원리

등 20세기 초 거대한 힘을 발휘한 '지知'의 틀에 지각변동이 일기 시작했다. 인문과학 영역에서도 인간의 정신을 실체론적으로 바라본 기존의 객관주의가 베르그송의 '순수지속' 개념, 혹은 무의식의 영역에서 이를 재인식하고자 한 프로이트 등에 의해 서서히 붕괴되어 가고 있었다. 조이스의 『율리시즈』도 이러한 분위기 속에서 등장했다. 이른바, '내적 독백Monologue intérieur'이라는 표현수법이다. 우리의 내면을 흐르는 시간은 물리적으로 측정 가능한 외부의 시간과 일치하지 않지만, 꿈과 기억 속에서는 자유롭게 그 순서를 바꿀 수 있다는 것이다. 무의식을 내포한 이 잠재적 정신 활동을 일상적 인과율에서 벗어난 '의식의 흐름Stream of consciousness'으로 그리기 시작한다. 일본에서는 '신심리주의'라는 용어로 소개되었다. 젊은 날의 이토 세이伊藤整는 『꽃봉오리 속 기리코蕾の中のキリ子』 1930를 비롯한 일련의 실험작을 내놓았다. '의식의 흐름' 수법은 제3자의 관찰기록 형태가 아닌, 화자의 의식의 흐름대로 1인칭 독백 형식으로 묘사하는 것이다. 요코미쓰 리이치의 『기계機械』1930와 가와바타 야스나리의 『수정환상水晶幻想』1931[10]이 그 정점을 이룬 것으로 평가한다.

다음은 1930년 공장을 무대로 인간관계를 신심리주의 기법으

---

[10] 태생기의 개체 발생에 관한 연구를 하는 발생학자와 그의 아내를 둘러싼 성적 환상을 묘사한 소설.

로 그려낸 요코미쓰 리이치의 『기계』의 한 장면이다.

하긴 가루베에게 불을 붙인 사람이 나라고 해도 변명의 여지는 없지만 혹시 야시키가 나와 가루베가 공범이라고 여기고 나에게 달려든 건 아닌가 싶어 도대체 두 사람이 나를 어떻게 생각하는지 점점 더 아리송해지고 말았다. 불확실한 사실만이 난무했지만 야시키와 가루베 모두 나를 의심하고 있는 것만큼은 명백했다. 그러나 나에게는 명확한 사실이라고 해도, 그것이 현실에서도 틀림없는 사실인지 아닌지를 어디서, 어떻게 가늠할 수 있단 말인가. 그런데 우리들 눈에는 모든 것을 명확하게 알고 있지 않은 것처럼 보이는 기계가 끊임없이 우리를 측정하고, 그렇게 측정한 것으로 우리를 밀어붙이고 있다.

쇼와 초기 몇 년은 프롤레타리아 문학이 중심이 되어 전개되었다. 이에 반기를 들고 나선 잡지 계열의 반反좌익 문단 젊은 작가들을 신흥예술파라고 불렀다. 1930년에 '신흥예술파구락부'가 결성되고, 신초사新潮社에서 『신흥예술파총서』가 간행되었다. 『여자 백화점女百貨店』1930 등으로 알려진 요시유키 에이스케吉行エイスケ, 『거리의 난센스街のナンセンス』1930의 류탄지 유龍胆寺雄, 『보아키치의 구혼ボア吉の求婚』의 나카무라 마사쓰네中村正常, 독자적인 사회파를 꿈꾼 아사하라 로쿠로浅原六朗, 구노 도요히코久野豊彦 등이 활동했다. 이들은 일명 에로エロ, 구로グロ, 난센스ナンセンス의 시대, 요컨대 관동대지진 이후 도쿄의 새로운 풍속으로 자리 잡은 모던걸モガ, 모던보이モボ, 댄스, 재즈가 흘러넘치는 세태를 그리고 있다. 자칫 단순한 풍경風俗 묘사로 비칠지 모르나, 인간이 있는 풍경이 아니라, 풍경이 인간을 움직이고 있는 모습으로 나타난다. 그런 의미에서 인간이 사물로, 사물이 인간으로 등가적으로 묘사되는 반反인간중심주의 흐름에 자리한다고 할 수 있다.

신흥예술파는 궁극적으로 반좌익이라는 기치하에 모여든 단체였기 때문에 곧 공중분해되어 버리고 만다. 무의미ナンセンス라는 기치하에 일상적 의미를 파괴하는 방법은 다다이즘 발상을 계승한 것으로 보이며, 이후의 문단에 큰 영향을 미치며 '난센스' 문학 계보를 이어간다. 『문예시대』 동인 이나가키 다루호稲垣足穂의 『일 천 일 초 이야기一千一秒物語』1923는 그 선두에 선 작품이라고 할 수 있다.

어느 날 밤, 영화를 보고 돌아오던 길에 돌을 던졌다.

그 돌이 연통 위에서 노래하던 달님에게 맞았다. 달님의

한 조각이 깨져 버렸다. 달님은 벌겋게 상기되어 화를 냈다.

"어서 원래대로 돌려놔!"

"죄송하게 됐습니다."

"죄송할 거 없어."

"제발요."

"됐고, 원래대로 돌려놔."

달님은 용서해 줄 것 같지 않았다. 그런데 마침내 궐련 한 대로 용서받았다.

이 작품 역시 달과 인간을 의인화해 이야기하고 있다. 황당무계한 난센스 유머가 일상적 현실을 비추는 매우 중요한 역할을 담당하고 있다.

이렇듯 유머를 소통 부재, 비애의 막다른 곳까지 몰고 간 작가로는 신흥예술파에 속한 이부세 마스지井伏鱒二를 들 수 있다. 초기 단편 『빌린 옷借衣』1923은 학교 가는 길에 늘 마주치는 여학생에게 연모의 정을 느끼게 되는 '나'의 이야기를 담고 있다. 그녀에게 양갱을 건네주며 고백하려 하지만 망설이다가 그만 양갱에 곰팡이가 슬어버린다. 그 양갱을 바라보며 '나'는 건네지 않아 다행이라며 안도한다.

소통 부재의 비극을 그린 또 다른 작품으로 『도롱뇽山椒魚』1929[11], 『지붕 위의 사완屋根の上のサワン』1929[12] 등이 있다.

아쿠타가와가 만년에 이르러 '나를 보는 나'와 '남이 보는 나'

---

[11]   바위굴에 갇힌 도롱뇽의 비애를 그린 소설.

[12]   상처 입은 기러기에게 느끼는 연민을 풍부한 감성으로 표현한 작품.

의 대립을 둘러싼 각축은 이 시기 데뷔한 차세대 작가들에게 계승되었다. 가지이 모토지로梶井基次郎는 『레몬檸檬』1925[13]으로 잘 알려져 있지만 『K의 승천K の昇天』1926이라는 흥미로운 단편도 빼놓을 수 없다. 이 작품은 바다에 빠져 익사한 K라는 인물을 그리는데, 익사한 K는 '혼'이 되어 달로 승천하고, 그 그림자가 자신의 모습을 바라본다는 내용이다. 바로 도플갱어다. 다음은 만년의 아쿠타가와에게 사사받은 호리 다쓰오의 초기 작품 『회복기恢復期』1931의 한 장면이다.

그때 문득 그는 그렇게 자기 자신의 안타까운 뒷모습을 한쪽 눈만 뜬 채 아까부터 계속 노려보고 있는 또 다른 자신을 발견했다.

(…중략…)

기묘한 반수면 상태가 쭉 계속되고 있는 자신의 몸 안에서 쓰윽하고 또 다른 자신이 빠져나가 열차 복도를 어슬렁거리며 걷고 있다— 이 어젯밤의 착각과 지금의 이상한 착오가 언제부터인가 마구 뒤엉키면서 뭔가 윌리엄 블레이크[14]의 복잡한 구도의 그림처럼 불가사의

---

13   정체를 알 수 없는 불길한 응어리에 짓눌려 있는 '나'를 주인공으로 하여, 일상생활 속에서 느끼는 우울함과 권태감을 표현하고 있다. 주인공을 괴롭히던 불길한 응어리가 우연히 발견한 상큼한 레몬을 통해 해소되는 과정이 작가 특유의 감성적 필치로 생동감 있게 그려지고 있다.

14   윌리엄 블레이크(William Blake, 1757~1827)는 영국의 시인이자 화가. 기상

함으로 그를 압박해 갔다. 그는 점점 불면증의 늪으로 빠져들어갔다.

이 시기에 '거울'에 비친 자기 자신의 모습을 그린 소설이 유난히 많이 등장한다. 그리고 대부분은 '나'가 '나'를 응시하는 것을 통해 자기분열로 이끌려 가는 특징을 갖는다. 마키노 신이치牧野信一의 『거울 지옥鏡地獄』1925 또한 창작의 고통에 시달리는 소설가 '나'가 거울을 응시하는 모습을 묘사하고 있다.

어리석고 경망스러운 자의 비문학적 소설, 그러니까 그 소설의 주인공이 주절주절 우리 집 불상사를 불어버리기도 하고, 아버지의 비밀을 폭로하거나 하는 글을 써댔다. 그 가벼움을 자기 자신도 한탄했다. 아무것도 모르는 어머니만 가여울 뿐이다.

창작의 고통을 부정적 매개로 하여 거듭해서 자기분열이 이루어지는 모습에 주목해 보자. '쓰는 나'가 '쓰인 나'로 바뀌면서 '나'는 분열하기 시작한다. 이때부터 '나'는 본래의 '나'를 찾기 위한 여정에 돌입한다. 흥미로운 것은, 이 과정에서 반드시 본 모습의 '나'일 필요가 없다는 사실을 깨닫게 되는 순간을 동반한다는 점

천외한 형상을 그린 환상적 작풍으로 알려져 있다.

이다.『제론ゼーロン』1931,『술 도둑酒盗人』1932 등은 희랍의 목가적 분위기를 연상케 한다. 고즈넉한 오다와라小田原 교외의 전원 풍경은 불가사의한 환상으로 가득한 로마신화나 중세기사도를 떠올리게 한다. 비일상적 환상세계를 1인칭으로 묘사하는 수법은, 이를테면 가와바타 야스나리가 몰두했던 윤회의 세계와 흡사하다.

마키노 신이치의 절찬을 받으며 데뷔한 사카구치 안고坂口安吾. 호리 다쓰오의 작풍은 이 사카구치 안고에게로 계승된 것으로 보인다. 안고의 초기 작품 가운데『바람 박사風博士』1931[15]가 걸작으로 꼽히는데, 이 작품의 정수는 현실과 비현실이 불가사의하게 뒤섞인 중세 프랑스의 희극 파르스의 세계에서 찾을 수 있다. 목가적 환상세계가 화자인 '나'의 자의식을 배경으로 펼쳐진다. 예컨대,『고향에 부치는 찬가ふるさとに寄する賛歌』1931의 '나'는 자기 자신 안에 있는 "막연히 커져만 가는 공허함"을 토로한다. "나는 내가 꿈처럼 먼, 망막한 풍경이라는 것을 깨달았다"고 말하는가 하면, "이 현실의 순간이 기억 속 꿈처럼 느껴진다"고 고백하기도 한다. 심경소설의 틀 안에 '보는 나'와 '보이는 나'를 대비시켜 보인다. 안고의 데뷔작은 자의식의 추구뿐만 아니라, 심경소설, 난센스적 요소까지 두루 포함하고 있다.

---

15 '바람 박사'의 제자인 '나'가 '바람 박사'와 '문어 박사'의 불가사의한 관계를 이야기하는 소설.

제2차 세계대전과 문학

　'대중'이라는 용어가 오늘날의 의미로 사용되는 것은 역사가 그리 오래되지 않았다. 1923년 관동대지진 이후의 일이다. 소비사회가 막을 열면서 불특정다수의 군중이 출현하는 시기와 맞물리는데 이는 다이쇼기의 '민중'관이 큰 전환을 이루었음을 의미한다. 이 '대중'이라는 개념이 프롤레타리아 문학의 '인민'이라는 개념을 거쳐 전시체제의 확대와 함께 천황의 적자嫡子인 '국민'으로 재편되어 간다.

　한편, 프롤레타리아 문학은 거듭된 탄압으로 불꽃이 꺼진 상태가 되고, '전향문학'이 '문예부흥'이라고 불리던 뒤이은 시기와 맞물려 출현한다. 그런데 이것은 결코 우연이 아니다. 그 배경에 어떤 가능성이 자리했는지 하나씩 파헤쳐 볼 필요가 있다. 일본문학이 어째서 전시기에 그토록 무력할 수밖에 없었는지 유추할 수 있는 중요한 힌트가 들어있기 때문이다.

1. 대중문학의 성립

다이쇼 말기부터 부상한 '대중문학문예' 장르는 다음과 같은 몇 가지 역사적 배경을 갖는다.

첫째, 강담講談 계보. 메이지 초, 산유테이 엔초三遊亭円朝가 강담속기를 유행시킨 이래, 강석사講釈師, 강담시講談師가 들려주는 복수극, 협객물 등이 인기를 끌었다. 이것을 메이지 말 무렵, 다치가와 문고立川文庫가 전집 형태로 간행하면서 대중의 큰 호응을 얻는다. 이후, 고단샤講談社가 1911년 『고단샤구락부講談倶楽部』를 펴내면서 구술이 아닌 글로 쓴 강담신강담이 보급된다. 근대 문인 대부분이 강담을 들으며 작가의 꿈을 키웠다. 음성에서 벗어나 '밀실의 예술'로 변모해 간 근대소설의 특수성을 이러한 배경 안에서 생각해 볼 필요가 있을 것이다.

둘째, '신강담'에서 파생한 '시대물' 계보. 나카자토 가이잔中里介山의 『대보살 고개大菩薩峠』1913~41와 시라이 교지白井喬二의 『후지에 드리운 그림자富士に立つ影』1924~27[1]가 그 대표적인 작품이다. 특히 『대보살 고개』의 막부 말기 검객으로 등장하는 주인공 쓰쿠에 류노스케의 고독하고 허무적인 인간상은 동시대 독자들의 마음을 사로

---

1   막말 메이지기 후지산을 무대로, 축성(築城)을 둘러싼 대립을 그린 소설.

잡았다. 윤회 사상이 깃든 장대한 스토리는 일상의 세밀한 묘사에 몰두해 간 동시대 문단에 파문을 일으키기 충분했다. 다니자키 준이치로가 아쿠타가와 류노스케와 논쟁하면서 이『대보살 고개』를 크게 평가한 것도 주의를 요한다.

셋째, 탐정소설 계보. 1920년에『신청년新青年』이 창간되었는데, 처음은 해외 추리소설을 번역해 실었으나, 이듬해에 에도가와 란포江戸川乱歩가『동전 이 전二銭銅貨』[2]으로 화려하게 데뷔하면서 잡지의 성격을 바꿔 놓는다. 에도가와 란포는 단순한 추리소설이 아니라 기괴하고 환상적인 요소를 도입해 독자적인 '탐정소설' 장르를 확립해 간다.『D언덕 살인사건D坂の殺人事件』1925은 명탐정 메이치 고사부로가 처음 등장하는 작품으로, 인간 내면의 심부까지 깊게 파고 들어간 묘사가 일품이다. 기계문명의 엽기적이고 탐미적인 세계로 충만한『파노라마섬 기담パノラマ島奇譚』1926도 이 시기의 대표작으로 꼽힌다. 이후, 요코미조 세이시横溝正史가 편집장을 맡았으며, 히사오 주란久生十蘭, 유메노 규사쿠夢野久作 등의 데뷔 무대가 되

에도가와 란포

---

2   절도사건을 둘러싼 두 청년의 지능 게임.

기도 했다. 유메노 규사쿠의 대표작인 『도그라 마그라ドグラ·マグラ』 1935는, 광기와 부조리를 철학적으로 풀어낸 특이한 추리소설로 알려져 있다.

넷째, 현대 가정을 테마로 한 통속소설 계보. 메이지기 가정소설로 큰 인기를 끌었던 『불여귀』, 『금색야차』의 뒤를 이어 대신문 문예란에 통속소설이 연재되기 시작한다. 기쿠치 간의 『진주부인真珠婦人』1920은 첫사랑을 잊지 못한 채 부잣집 후처로 들어가 기구한 삶을 살아가는 여성을 그린 소설이다. 이 작품이 흥행을 거두자 기쿠치 간은 장편 통속소설 집필에 매달린다. 이 외에도 통속소설의 길을 걸어간 작가로 『파선破船』19223의 구메 마사오久米正雄와 『꽃이야기花物語』19204 등의 소녀소설로 인기를 끌었던 요시야 노부코吉屋信子가 있다. 요시야 노부코는 신문소설 현상모집에 당선되면서 통속소설에 한층 더 박차를 가해 『남편의 정조良人の貞操』1936-375 등의 연재소설을 내놓았다. 통속소설은 기성 문단이 회피해 왔던, 남편의 이기심과 사회 인습으로 고통받는 여성과 이들 여성의 자립을 주요 테마로 삼았다.

이렇게 대중문학은 쇼와 초기에 이르러 자신만의 자리를 찾게

---

3   나쓰메 소세키의 장녀를 사이에 둔 제자들의 삼각관계를 그린 소설.

4   여학교 기숙사를 무대로, 다양한 꽃 이미지 에피소드가 52편 실려 있음.

5   남편의 바람기로 고통받던 아내가 마침내 휴머니즘에 눈뜨게 된다는 소설.

된다. 그 배경에는 제2차 산업혁명, 다이쇼 데모크라시, 고학력 인구의 증가 등에 힘입은 대중소비사회의 역할도 적지 않았다. 1925년에 고단샤에서 대중오락 잡지 『킹キング』이 간행되었는데, 돈을 아끼지 않고 대대적으로 선전한 결과, 창간호 판매 부수가 무려 74만 부에 달했다고 한다. 당시로는 기록적인 부수였다. 고단샤 사장 노마 세이지野間清治는 '이와나미 서점岩波書店'이 걸어온 아카데믹한 행보에 맞서 '로 웨이스트low waist 인텔리겐치아'라는, 말하자면 '지知'의 대중화라는 기치를 내걸었다. 다이쇼기 교양주의를 상대화하는 계기를 마련한 것도, '순문학'이라는 개념이 오늘날의 의미로 사용되는 것도 모두 '대중문학'이 성립하는 시기와 맞물린다. 그것은 붕괴 위기에 처한 문단문학[6]이 대중문학의 붐으로부터 스스로를 지키기 위한 몸부림으로도 읽을 수 있을 것이다. 신문을 무대로 어마어마한 수의 독자를 확보한 '대중문학'에 대응할 만한 힘을 갖지 못한 '순문학' 작가들이 느꼈을 위기감은 짐작이 가고도 남는다. 히로쓰 가즈오의 『쇼와 초년의 인텔리 작가昭和初年のインテリ作家』1930에 이러한 문단 분위기가 상세히 기술되어 있다. 프롤레타리아 문학에 대한 탄압이 가중되는 가운데 1929~30년부터 수년간 문단은 심각하게 경직되고 고립되어 갔다.

---

6   [옮긴이] 문단에서 이루어져 그 소재가 일반성이 없고 대중성이 희박하며, 규모가 작고 오직 기교와 형식에만 중점을 둔 예술파에 딸린 문학을 말함.

プロレタリア作品の没落――プロレタリア文學は純文學に影響を與へたか――既成作家はプロ
レタリア藝術をどうみる――藝術の科學的精神――所謂大作は盛になるか――純文學は再興し
てない――現代心理的作家――若い人々の描く世界――現代作家に現はれた外國文學の影響
――マルキシズムと藝術談――ブルジョア文學の科學的精神――新しい方向へ――現代の批判
を歴史小說によつて――短命のプロレタリア藝術――プロレタリア文學は復活するか――歴史
小說はいかぬか――大衆文藝と純文學の距離――新聞小說――大作傑
作にはどうして出るか――俠靈時代に文學があるか――谷崎ファン
の激増――通俗小說は無用だ――學校教科書に文學があるか――新しい道德が先決像
件――新しい文學運動は起きぬか――自然主義時代の苦しみ――既成作家の今後――里
見氏の無法人――文學の思想――ジヤアナリズムと文學
純文學は如何にして發達するか――新人石坂洋次郎――庄野誠一――

文藝復興座談會

出　席　者

深田久彌
廣津和郎
小川端康成
直木三十五
佐藤春夫
杉山平助
德田秋聲
橫光利一
宇野浩二
菊池寛

プロレタリア作品の没落

菊池　今日はどうも有難うございました。今
日は別に大した題もないんですけれども、
最近純文學が勃興しかけたやうな樣子があ
りますから、それに付て是からの純文學と
言ふやうな、或は純文學をとのやうに……

り、御希望なりを話して戴きたいと思ひま
す。それに付て今迄のプロレタリア文學の
隆盛時代に於ける純文學の位置とか云ふや
うなことに付ても、回顧的に話をして戴き

記者　一番先にどう云ふ譯でプロレタリア文
學が沒落して行くことになつたかと云ふや
うな問題察を承りたいと思ひます。

（196）

『문예춘추』(1933.11)에 실린 '문예부흥 좌담회'

2. 문예부흥의 시대

　'순문학'의 쇠퇴가 염려되던 시기를 지나 1933년 무렵부터 '문예부흥'이라고 외치는 시대가 도래한다. 분위기가 일변한 것이다. 길게 가지는 못하고 전시체제로 돌입하기 전 3, 4년간 이어졌다. 가장 눈에 띄는 것은, 순문학 저널이라고 할 만한 잡지가『신초新潮』하나였던 것이『문학계文学界』,『행동行動』,『문예文藝』등이 잇달아 창간되면서 순문학의 숨통이 트이게 되었던 점이다.『문학계』는 매 호마다 신인 작가 발굴에 힘을 기울였고,『문예춘추』는 1934년에 아쿠타가와상芥川賞, 나오키상直木賞을 마련해 신인 문호에 대한 기대감을 높였다.

　그렇다고 새로운 세대가 바로 등장한 것은 아니었다. 오히려 프롤레타리아 문학의 쇠퇴로 침묵해 오던 대가들이 창작 의욕을 불태우기 시작했다. 그 가운데 가장 왕성한 활동을 보인 것은『마을의 무도장町の踊り場』1933[7]과 『가장인물仮装人物』1935[8]로 활동을 재개한 도쿠다 슈세이,『고목이 있는 풍경枯木のある風景』1933[9]의 우노 고지,『장마가 갠 후つゆのあとさき』1931[10],『응달에 핀 꽃ひかげの花』1934[11],『묵동

---

[7]　이복 여동생의 장례식에 참석하기 위해 귀향한 '나'를 그린 소설.

[8]　작가 지망생인 자유분방한 여성과 초로의 소설가를 주인공으로 한 소설.

[9]　화가 고이데 나라시게(小出楢重)를 모델로 한 소설.

[10]　긴자의 카페 여급을 주인공으로 한 소설.

[11]　사창가 창부들의 애환을 그린 소설.

기담漑東綺譚』1937을 연이어 내놓은 나가이 가후 등이다. 시마자키 도손의『동트기 전』1935과 시가 나오야의『암야행로』1937가 긴 연재를 마치고 마침내 완결을 본 것도 이 무렵이다.

다니자키 준이치로는 관동대지진을 겪은 후 거처를 간사이로 옮겨버린다. 사토 하루오의 아내를 두고 벌어진 이른바 '아내 양도사건'[12], 네즈 마쓰코根津松子와의 만남 등을 거치며 모성 동경이나 고전에서 이야기의 소재를 가져오는 등 작품 경향에도 변화를 보인다. 『슌킨 이야기春琴抄』1933는 앞을 볼 수 없는 미모의 여성 슌킨과 그녀의 제자 사스케의 이야기로, 슌킨이 얼굴에 큰 화상을 입자 사스케가 그녀의 아름다운 모습만 기억하고자 자신의 눈을 바늘로 찔러 상처를 입힌다는 다소 그로테스크한 상상력을 담고 있다.

"스승님! 저도 맹인이 되었습니다. 이제 평생 스승님의 얼굴을 뵐 수가 없게 되었습니다."

"사스케! 그게 정말이더냐?"

이 한마디를 끝으로 슌킨은 한동안 말없이 깊은 생각에 잠겼다. 사스케는 이 세상에 태어나서 이 침묵의 몇 분만큼 행복을 느낀 적이

---

12 **[옮긴이]** 다니자키가 친구인 사토 하루오에게 아내를 양도하겠다는 합의문을 『아사히신문』에 발표해 파문을 일으킨 사건. 다니자키는 아내의 여동생과 염문을 일으키고, 1934년에 네즈 마쓰코와 재혼한다.

없었다. 그 옛날 다이라노 가게키요는 미나모토노 요리토모의 기량에 탄복하여 복수를 단념하고 이제 다시는 그를 보지 않겠다는 맹세를 하며 두 눈을 도려냈다고 한다. 비록 동기는 달랐지만 그 비장함은 견줄 바가 아니었다. 하지만 슌킨이 사스케에게 바란 것이 과연 그런 것이었을까? 일전에 슌킨이 눈물을 흘리며 호소했던 바가, 자신이 이런 재난을 당했으니 사스케 너도 맹인이 되어 주기를 바란다는 뜻이었을까? 슌킨의 심정을 깊이 헤아리기는 어렵겠지만 "사스케! 그게 정말이더냐?"라고 묻는 그 짧은 한마디가 기쁨에 떨고 있는 것처럼 들렸다. 그저 감사하다는 생각만 하고 있던 사스케는 슌킨의 마음과 통한다는 것을 직감했다. 육체적 관계는 있었지만, 스승과 제자인 관계로 가로막혀 있던 서로의 마음이 이제야 비로소 하나로 어우러지며 흘러가는 것처럼 느껴졌다.

마조히즘과 고전미가 접목된 불가사의한 세계가 펼쳐진다. 이 작품을 집필하던 시기는 마침 다니자키가 『겐지 이야기源氏物語』를 한창 현대어로 옮기던 때로, 마침표라든가 회화문에 사용하는 큰따옴표 등을 과감히 생략하는 등 왕조 여류문학의 영향을 떠올리게 한다.[13]

---

13   [옮긴이] 가독성을 위해 원문에 없는 마침표, 큰따옴표 등을 적절히 살려 번역했다.

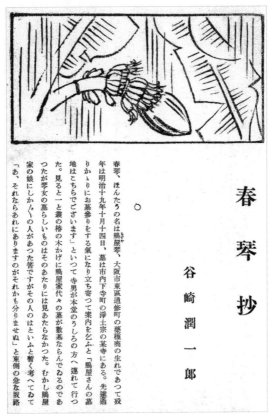

春琴、ほんたうの名は鵙屋琴、大阪市東區道修町の藥種商の生れであつて歿年は明治十九年十月十四日、墓は市内下寺町の淨土宗の某寺にある。先達通りかゝりにお墓參りをする氣になり立ち寄つて案内を乞ふと「鵙屋さんの墓地はこちらでございます」といつて寺男が本堂のうしろの方へ連れて行つた。見ると一と叢の椿の木かげに鵙屋家代々の墓が數基ならんでゐるのであつたが琴女の墓らしいものはそのあたりには見あたらなかつた。むかし鵙屋家の娘にしかゝ\しの人があつた筈ですがその人のはといふと暫く考へてゐて「あ、それならあれにありますのがそれかも分りませぬ」と東側の急な坂路

春琴抄

谷崎潤一郎

『슌킨 이야기』, 『중앙공론』(1933.6)

한편, 쇼와문학의 선두에 선 젊은 작가 가와바타 야스나리는 『아사쿠사 구레나이단浅草紅団』1930[14]을 통해 한층 더 모더니즘으로

14　소설가인 '나'는 아사쿠사의 뒷골목에서 아름다운 소녀 유미코를 알게 되고, 그녀로 인해 '아사쿠사 구레나이단'이라는 무리를 알게 된다. 유미코는 이 불량 소녀

경도된 모습을 보여주었고, 『금수禽獸』1933를 거쳐 오늘날 그의 대표작으로 이름을 올리게 되는 『설국雪国』1935의 연재를 개시한다. 다음은 『설국』의 첫 부분에 해당하는, 발표 당시에는 「저녁 풍경을 한 거울夕景色の鏡」이라는 제목으로 연재되었던 글이다.

거울 속으로 저녁 풍경이 흘러가고 있었다. 비춰 보이는 풍경과 그것을 비추는 거울이 영화의 투샷처럼 움직이고 있었다. 등장인물과 배경은 아무런 관련이 없었다. 게다가 인물은 투명한 허무를, 풍경은 땅거미의 어슴푸레함을. 이 두 가지가 어우러지면서 이 세상이 아닌 상징의 세계를 그려내고 있었다. 야산의 등불이 처녀의 얼굴 정면에 머물고 있는 모습에서 시마무라는 뭐라 형언할 수 없는 아름다움을 느꼈다. 가슴이 벅차올랐다.

이 작품 역시 가와바타 야스나리가 즐겨 사용한 윤회전생을 테마로 한다. 주관과 객관이 뒤집히고, 경계선이 모호해 지면서, 이 세상이면서 이 세상이 아닌, 제3의 세계가 펼쳐진다.

쇼와 초기에 시에서 소설로 장르 이동한 호리 다쓰오堀辰雄. 그는

무리의 우두머리다. 유미코는 변장한 모습으로 아사쿠사 이곳저곳을 누비며 남자에게 버림받은 언니의 복수를 꿈꾸기도 하고, 부랑자의 소굴로 전락하고 있는 아사쿠사를 부활시키기 위해 고군분투한다. 이 작품은 영화화되어 '아사쿠사 붐'을 일으키기도 했다.

雪國

国境の長いとんねるを
抜けると雪國であった。
夜の底が白くなった。信
號所に汽車が止まった。
向側の座席から娘が立って

가와바타 야스나리 만년의 필사본 『설국초(抄)』, 1972

"우리들은 '낭만'을 써야만 한다"1928년 8월 30일 자 일기고 외치며 본격적인 소설 쓰기에 돌입한다. 그 결실이라고 할 수 있는 『성가족聖家族』 1930[15]은 전지적 작가 시점의 객관소설 형태를 띤다. 그런데 프랑스 작가 마르셀 프루스트의 『잃어버린 시간을 찾아서』의 영향을 받아 작풍이 크게 변화한다. 1인칭 화자를 통해 현실과 비현실이 교차하는 세계를 그린 『아름다운 마을美しい村』1933~34[16], 『바람이 분다風立ちぬ』1936~37[17] 두 작품은 그러한 시도 끝에 탄생한 것이다.

다른 한편에서는, 예술작품은 단순히 대상을 표현하는 것이 아니라, 어떤 장르인가 — 이를테면, 음악이란 무엇인가, 조각이란 무엇인가 — 를 물어야 한다는 앙드레 지드의 '순수소설'『위폐범들(Les faux-monnayeurs)』 이론이 동시대 문단의 화두가 되었다. 소설 장르도 예외가 아니어서 왜 이 소설을 쓰게 되었는가를 소설 속 화자가 개입해 이야기하는 방식을 취했다. 지드는 사건과 인물의 심리 사이에 발생하는 차이를 매우 중시한다. 소설을 쓰는 행위 자체를 끊임없이 상대화하고, 소설의 근본을 순수성에 두었다. 호리 다쓰오의 변화라든가, 요

---

15 구키의 죽음을 둘러싸고 고노 헨리, 사이키 부인, 기누코의 미묘한 심리 변화를 그린 연애소설. 사이키 부인과 딸 기누코는 헨리의 모습에서 구키의 모습을, 헨리는 사이키 부인을 보며 그녀와 구키가 서로 사랑하는 사이였음을 알게 된다. 참고로, 구키의 모델은 자살로 삶을 마감한 아쿠타가와 류노스케이다.

16 K마을(가루이자와)을 산책하는 '나'의 심리 변화를 계절의 흐름을 따라 묘사한 소설.

17 사랑하는 약혼녀를 폐결핵으로 떠나보내야 했던 호리 다쓰오의 실제 경험을 모티프로 한다. 미야자키 하야오가 같은 제목의 애니메이션을 발표해 큰 화제를 모은 바 있다.

코미쓰 리이치가 『순수소설론純粋小説論』1935에서 '나'를 응시하는 '나'의 자의식을 도입한 4인칭을 제창하고, 고바야시 히데오가 『사소설론私小説論』1935을 집필한 것은 모두 그러한 시대 흐름에 호응하는 것이었다.

제1회 아쿠타가와상 후보로 다자이 오사무와 다카미 준 등이 이름을 올렸다수상은 이시카와 다쓰조[石川達三]의 『창민(蒼氓)』.18 이시카와 준石川淳의 『보현普賢』19이 제4회 아쿠타가와상1936을 수상하

다자이 오사무 첫 번째 창작집 『만년』에 실린 사진

면서 이른바 '자의식 과잉의 요설체'를 구사하는 신인 작가들의 존재가 부상했다. 성격이나 심리를 확실하게 드러내는 방식이 아닌, 이를 상대화하여 변주하는 방식이다. 이를테면, 다자이 오사무의 초기 작품 『어릿광대의 꽃道化の華』1935이 그러하다. 이 작품에서 다자이는 자신의 미수로 끝난 동반자살 사건을 모티프로 하며, 작중 화자인 '나'가 여러 주석을 삽입하고 있다.

---

18 브라질 이민자들의 비참한 생활을 고발하는 사회소설.
19 서민들의 삶을 취재해 소설의 제재로 삼는 소설가 '나'를 주인공으로 펼쳐진다.

뭐든 다 털어놓겠다. 사실 이 소설 장면 하나하나에 나라는 남자의 얼굴을 들이밀고는 말하지 못할 것들을 장황하게 말하게 한 것도 이미 짜인 각본이었다. 나는 그것을 독자에게 들키지 않고, 아무도 모르게 나라는 사람의 특이한 뉘앙스를 작품에 담아내고 싶었다. 그것은 일본에서는 볼 수 없는 하이칼라의 작풍이라고 우쭐해 하고 있었다. 하지만 패배다. 아니, 나는 이런 패배의 고백조차도 소설을 계획할 때부터 계산하고 있었다. 가능하면 좀 더 시간을 끌다 털어놓고 싶었다. 아니, 이 말조차 나는 처음부터 미리 준비해두었다는 생각이 든다. 아아, 더 이상은 나를 믿지 마시라. 내가 하는 말은 한마디도 믿지 마시라.

"작가에게 흑백을 가리는 임무가 맡겨졌는데, 그 임무라는 것을 객관성 뒤에 안심하고 숨어 있을 수 있는 묘사만으로 해결하려 해서는 안 된다. 백을 백이라고 말하기 위해서라도 작가가 등장하지 않으면 안 된다. 작가는 더 이상 작품 뒤에서 안심하고 잠들어선 안 된다"「묘사 뒤에서 잠들어선 안 된다(描写のうしろに寝てゐられない)」, 1936는 다카미 준高見順의 지적은 다자이 오사무에게도 해당될 것이다.

기성 작가들의 부활과 젊은 소설가들의 자의식 실험, '문예부흥'을 실질적으로 이끌어간 이 두 가지 조류는, 언뜻 보면 성격을 달리하는 것처럼 보이지만, 나가이 가후는 이 두 가지 조류를 응축한 작품을 선보인다. 『묵동기담』이 그것인데, 주인공인 소설가 '나'가 자신의 실종을 테마로 작품을 구상한다는 내용으로 이루어져 있다.
그리고 소설 마지막 부분에「작가의 군더더기 말」이라는 제목의 후
일담이 실려있다. 몇 겹이 덧대어진 '나'의 주석은 '순수소설'이기에
가능한 변주일 터다. '나'는 현실로부터 일정한 거리를 두고 '바라보
는 사람'의 위치에 머물며, 철저히 계산된 거리에서 사라져 가는 묵
동 지역[20]을 향수와 서정을 담아 묘사하고 있다.

3. 전향문학의 시대

1933년 2월, 고바야시 다키지가 특고에 검거되어 옥사한다. 같
은 해 6월, 비합법 공산당 최고 위원 사노 마나부佐野学와 나베야 마
사다치鍋山貞親의 전향성명 발표를 계기로 프롤레타리아 문학 운동
은 해체되어 괴멸상태에 이른다. 시마키 겐사쿠島木建作의『나병癩』
1934,『맹목盲目』1934[21], 무라야마 도모요시村山知義의『백야白夜』1934[22], 나
카노 시게하루의『마을 집村の家』1935[23] 등의 '전향문학'이 '문예부흥'

20　스미다강 중류 동쪽 지역을 가리킨다. 사창가 다마노이(玉ノ井)가 소설의 주 무대이다.

21　『나병』과 함께 한센병을 소재로 하며, 실명으로 고통받으면서도 공산혁명에 대한
　　식지 않은 열정을 그린 소설.

22　아내와의 관계를 축으로, '전향'의 길로 들어선 남편의 모습을 그린 소설.

23　전향한 후, 출옥한 청년이 고향에 내려와 적응해 가는 모습을 그린 소설.

과 어깨를 나란히 하고 문예지를 휩쓸기 시작한다. 이들 작품은 주인공, 즉 작가 자신의 '전향'이 어떤 경위로 이루어졌는지를 성찰적으로 그린다. 또한, 자신의 '전향'을 비전향 동지를 동경하는 마음에 빗대어 에둘러 표현하기도 한다. "그럼에도 계속해서 쓰고 싶다"라는 유명한 문구로 끝을 맺고 있는 『마을 집』을 비롯한 전향문학은 모두 '소설가'를 주인공으로 하여 부정형의 '나'를 숨기지 않고 드러내 새롭게 던져진 벌거벗은 현실과 마주하게 한다.

루거우차오蘆溝橋 사건[24]을 신호탄으로 전시체제가 본격화되면서 시마키 겐사쿠의 『생활의 탐구生活の探求』1937가 베스트셀러로 주목받았다. 이 작품 이후 '전향문학'은 그간의 성격에서 크게 벗어나, 마음속 '전향'에서 적극적 '전향'으로, 나아가 국책문학으로 전환해 간다. 『생활의 탐구』는 다니던 대학을 그만두고 고향으로 내려와 생활의 의미를 찾아가는 과정을 그리고 있다.

그의 마음을 강하게 사로잡은 것은 생활적인 것 실질적인 것 내용물이 꽉 찬 것 생산적인 것 건설적인 것 들뜨지 않고 땅에 안정적으로 발붙인 것 등 지극히 막연하고 추상적인 모습들이다. 때마침 그의 눈앞에 그런 생활을 하는 마을이 펼쳐졌다. 그것은 신선한 매력이었다.

24　[옮긴이] 일명 노구교 사건이라 불리는, 1937년 7월에 발발한 중국과 일본 군대의 충돌사건. 중일전쟁의 발단이 됨.

마을 생활 아주 사소한 것들에서 살아 움직이는 감정을 경험했다.

(…중략…)

언뜻 보면 사실 아무것도 아닌, 보잘것없어 보이는 일상생활. 하지만 그 속에 얼마나 많은 농민의 고통과 슬픔, 기쁨, 혹은 고민과 발명, 지혜, 창의가 넘쳐나는지, 태어나서 처음으로 우물을 파보면서 느꼈다. (…중략…) 한마디로 말해 그는 생활을 느꼈다.

소설 제목의 '생활'이라는 단어는 쇼와 10년대 문학을 관통하는 키워드이기도 했다. 농촌, 공장 등 '생활'이 있는 곳으로 소설의 무대가 확장되어 간다. 아리마 요리야스有馬賴寧 농림수산 대신이 농민문학혼화회農民文学懇話会, 1937 발족을 주도한 것도 중일전쟁에 파병된 병사 가운데 농촌 출신이 많았기 때문이다. 이 시기만큼 농촌이 각광 받았던 시기도 드물 것이다. 와다 덴和田伝의『옥토沃土』1937[25], 이토 에노스케伊藤永之介의『올빼미梟』1936[26],『휘파람새鶯』1938 등의 명작이 탄생하게 된 데에는 그러한 배경이 자리한다.

다른 한편에서는, 국책문학, 생산문학이라고 불리는 소설들이

---

25 마을 공동체에서 사욕을 숨기지 않고 활기차게 자신의 삶을 개척해 가는 농민들의 모습을 그린 소설.

26 생활고를 견디다 못한 도호쿠(東北) 지역 농민들이 밀주(密酒) 제조에 빠져들게 되는 이야기.

鶯

伊藤永之介

夕方に近く風が落ちて埃りのしづまつた往來を、小さい風呂敷包みを背負つた痩せた婆さんが、摺り切れて踵の後ろの藁が彈けてしまつた草履をひきづりながらのそ／＼と歩いていつた。十足歩いては立ちどまり、また少し行つては腰をのばし、そこいらの店の構えや看板などをしげ／＼と眺めてゐる様子は、昔とすつかり變つてしまつた町の有樣に眼を見張つてゐるやうでもあり、また訪ねる家をさがしもとめてゐるやうでもあつたが、間口二間の硝子戸に農産物檢査所といふ大きな看板の下つてゐる建物の前まで來ると、沼に降り立つた鷺のやうに瘦頸をのばしてぢつといつまでも彳んでゐたが、やがて決心したやうに入口に近づいてそつと硝子戸を押しあけた。私ははあ、赤澤からかうして出て來たものだすども、と婆さんは言ひ、退屈まぎれにぼんやり往來を眺めてゐた黑い詰襟を着た男が振り向いて次の言葉を待つてゐると、なんとか旦那さんに、娘の居どころさがして貰ひたいと思つてしな、

간행되었다. 마미야 모스케間宮茂輔의 『원석あらがね』1937~38[27], 나카모토 다카코中本たか子의 『남부철병공南部鉄瓶工』1938 등이 그것인데, 모두 전향 작가의 작품이다. 정치를 작품의 소재로 삼았던 점에서 프롤레타리아 문학과 국책문학은 표리일체를 이루며, 전향문학은 발을 헛디뎌 원근법을 잃게 되고 허물어지듯 현실의 '생활'을 그리는 방향으로 나아갔다. 그리고 그 현실의 '생활'을 마주하는 작가들의 문체는 강한 힘을 가지고 있었다. 다음은 이토 에노스케의 '새' 시리즈 가운데 『휘파람새』의 한 장면이다. 시골 경찰서를 무대로 그곳을 찾는 빈농 군상을 묘사하고 있다.

경찰서에 물건 파는 사람들이 가끔 몰려오곤 하는데, 어느 날 머리 위에 걸친 두건을 턱밑으로 동여매고 몸뻬를 입은 아낙이 엉금엉금 기어들어 와서는 순사님들 새 좀 사세요, 라고 말을 건다. 우동을 먹고 있던 순사들이, 새? 먹는 새 말이오? 우는 새 말이오? 라고 묻자, 아낙은, 목청 좋은 휘파람새예요, 라며 이미 고객을 물기라도 한 듯 들뜬 얼굴을 하고 보자기 꾸러미를 풀기 시작했다. 아이고, 진짜네, 휘파람새가 틀림없긴 한데, 안 우는 거 같은데? 라며, 점심 도시락을 먹던 사람들이 앉거나 선 채로 젓가락질을 하며 바닥에 놓인 새

---

27   일본 전역에서 쌀값이 폭등해 민중들이 들고일어난 '쌀소동'(1918) 시기를 무대로 노동자들의 생활상을 그린 장편소설.

까맣게 그을린 새장 속을 들여다보았다. 아무렴 울지 않는 새를 가져 왔겠어요? 라며 아낙은 자못 진지한 표정으로 말한다. 가격을 물으니, 글쎄, 얼마를 받으면 좋을까? 제가 시세를 몰라서요. 순사님들 주고 싶은 대로 주세요. 라며 모두의 얼굴을 둘러보았다.

소설은 옴니버스 형식으로 이루어져 있다. 대화체 큰따옴표와 줄 바꾸기, 마침표를 최소화하고, 지문과 작중인물의 대사가 하나로 보이도록 배치하고 있다. 이름 없는 불특정다수를 마치 한 사람인 양 보이게 하는 형식을 취한다. 이것은 자의식 과잉의 요설체를 버리고, '생활' 속에 개개인의 자리를 만들어가려는 작가의 의지로도 읽을 수 있다.

농촌을 무대로 한 것은 아니지만 유사한 작품으로 이시카와 준의 『보현普賢』, 다케다 린타로武田麟太郎의 『일본 삼문 오페라日本三文オペラ』1932[28], 『긴자 팔정銀座八丁』1934~35[29] 등이 있으며, 아베 도모지의 『겨울 숙소冬の宿』1936[30], 다카미 준의 『그 어느 별 아래에如何なる星の下に』1939~40[31], 히로쓰 가즈오의 『거리의 역사巷の歷史』1940[32] 등도 주목

28　아사쿠사의 한 서민 아파트에 살아가는 이들의 일상을 페이소스를 담아 그린 소설.

29　긴자의 바에서 일하는 여주인공과 바를 드나드는 다양한 인간군상을 묘사한 소설.

30　대학생의 시선으로 도쿄의 하숙집과 그 가족들의 모습을 그린 소설.

31　아사쿠사의 한 아파트로 이사하게 된 소설가와 무희 등 소시민의 일상을 그린 소설.

32　소설 속 배경은 청일전쟁 이후의 일본 사회. 남편에게 버림받고 도쿄로 상경한 여

할 만하다. 지저분하고 누추한 뒷골목 서민들의 삶에 밀착한 요설
적 화법이 돋보인다. 이러한 표현 방식은 '전향'한 지식인 작가들
의 작품 방향성을 제시해 주는 것이기도 했다.

쇼와 10년대 청년들의 정신적 지주이자 초국가주의 미학을 주장
한 상징적 인물인 야스다 요주로保田與重郎가 중심이 되어 잡지『일본
낭만파日本浪曼派』[33]를 간행하는데, 이들 동인은 다케다 린타로, 다카
미 준 등『인민문고人民文庫』[1936~37] 동인들과도 공명하는 지점이 적지
않다.

예컨대, 야스다 요주로의 초기작 가운데 제목부터 난해한『인
테레쿠추에레 가타스토로오후아いんてれくちゅえれ·かたすとろおふあ』[34]는
자살로 삶을 마감한 이의 수기 형식을 취하며 작가 자신의 마르크
스주의 체험을 특유의 요설체[1인칭 고백체]로 써내려간다. 다카미 준의
요설체와도 상통하는 부분이 있으며, '죽음'의 이미지가 나르시시
즘과 낭만주의로 얼버무려져 있다. 이른바, 자의식 과잉의 요설체

주인공이 하숙집을 운영하며 자립해 가는 모습을 그린 소설.

33 가메이 가쓰이치로(亀井勝一郎), 진보 고타로(神保光太郎), 나카야 다카오(仲
谷孝雄), 이토 시즈오(伊東静雄) 등이 주요 동인이며, 뒤이어 하기와라 사쿠타로
(萩原朔太郎), 사토 하루오(佐藤春夫), 미요시 다쓰지(三好達治), 하야시 후사오
(林房雄) 등이 합류했다.

34 [옮긴이] 프랑스어 'intellectuel catastrophe'를 가타카나로 발음한 것. '인텔리의
파국'이라는 의미인데, 야스다 요주로의 요설체가 제목에도 잘 드러나 그대로 표
기했다.

는 동시대 젊은이들로 하여금 죽음에 대한 동경을 갖게 하거나, 누추한 현실로 침잠해 가는 두 가지 길로 안내해갔다.

4. 전시하 소설

1938년 9월, 내각정보부의 호명을 받아 구메 마사오, 니와 후미오丹羽文雄, 기시다 구니오岸田國士, 하야시 후미코林芙美子 등이 종군작가 육군부대의 일원으로 중국으로 향한다. 기쿠치 간, 사토 하루오, 요시야 노부코 등은 해군부대로 출발했다. 이른바, 펜부대의 행보가 시작된 것이다. 그것은 당면 '현실'을 소설의 제재로 삼아보겠다는 문학자들의 바람이 당국의 은밀한 욕망을 만나는 과정이기도 했다. 그런데 기대와 달리 수확은 미미했다. 주목 받은 작품은 니와 후미오의 『돌아오지 못한 중대還らぬ中隊』1938[35] 정도가 아닐까 한다. 무엇보다 전장이라는 너무나도 적나라한 현실 앞에서 전선의 병사와 이들을 그저 지켜볼 수밖에 없는 종군작가들의 간극은 새로운 '생활'에 대한 모색을 방해하는 요소가 되었다. 전쟁의 잔학성에 눈 감아버리고, 서정성으로 포장한 '생활' 묘사가 등장하게 된 이유이기도 하다. 예컨

35　내각정보부의 명을 받아 한커우(漢口) 작전에 파병된 작가의 체험을 바탕으로 한 소설.

『전선』에 실린 하야시 후미코 사진

대, 전장을 미화한 것으로 악명 높은 하야시 후미코의 『전선戰線』1938 은, 병사와 함께 찍은 하야시 후미코의 사진을 게재하여 르포르타주 성격을 강하게 드러내었다. 서정성과 현실감은 상반된 것이 아니라 하나라는 인상을 심어줌으로써 눈앞의 '현실'을 절대화하는 효과를 발휘한다. 우에다 히로시上田広의 『흙먼지黃塵』1938[36], 히비노 시로日比野土朗의 『우쑹 앞바다吳淞クリーク』1939[37] 등 무명에 가까운 '전선前線' 작가

---

[36] 중일전쟁에 참전해 중국대륙을 전전하며, 전장 한가운데에서 쓴 소설.

[37] 우쑹 앞바다에서 펼쳐진 전쟁에서 부상을 입는 등 작가의 실제 체험을 바탕으로

의 작품이 문단을 휩쓸게 되는
것도, 이른바 '총후銃後'에서 일종
의 콤플렉스를 가지고 전쟁을 지
켜보기만 했던 문인들의 고뇌와
깊은 관련이 있다.

『보리와 병사』

히노 아시헤이火野葦平는 그야
말로 쇼와 10년대 문학의 총아
라고 할 수 있다. 데뷔작이자 제
6회 아쿠타가와상 수상작인 『분
뇨담糞尿譚』1937[38]의 문체는 다카
미 준의 요설체를 떠올리게 한다. 그런 의미에서 '문예부흥'기의 마
지막을 장식한 작가로 자리매김할 수 있을 것이다. 이 작품을 집필
하고 얼마 안 되어 남경南京대학살로 악명 높은 남경침략1937 이듬해
에 벌어진 서주회전徐州会戰을 배경으로 한 『보리와 병사麦と兵隊』1938
를 내놓으며 히노 아시헤이는 일약 베스트셀러 작가로 등극한다.

나는 병사다. 언제 전사할지 모르는 몸이다. 그러나 전장에서 죽는
건 아깝지 않다. 이것은 이상한 감상이다. 그런 바보가 없다. 목숨이 아

한 소설.

38 지방 소도시에서 분뇨 처리 일에 뛰어든 청년이 사회의 부조리와 맞서 가는 이야기.

깝지 않은 사람은 없을 것이다. 나도 누구보다 생명을 소중히 여긴다. 생명은 무엇보다 귀하다. 그런데 이 전장에는 어쩐 일인지 그 귀한 생명을 쉽게 버리려는 이가 있다. (…중략…) 너무도 많은 사람들이 목숨을 잃었다. 그러나 그 누구도 죽지 않았다. 아무것도 사라진 것은 없다.

병사는 인간이 품은 범용凡庸한 사상을 뛰어넘었다. 죽음까지 뛰어넘었다. 그것은 크고 존귀한 힘에 몸을 맡기는 것이기도 하다.

이 '병사'의 고백은 쇼와 10년대를 지배하던 운명공동체의 감성이기도 하다. 작가는 이 글 첫머리에서 어디까지나 종군일기이지 '소설'이 아니라고 밝히고 있다. 그러나 전장을 배경으로 한 사진들은 르포르타주 분위기를 물씬 풍기며, 독자들로 하여금 전쟁을 찬미하도록 부추긴다. 그 다른 한편으로는, 혹독한 현실을 응시하는 화자의 자의식도 서서히 사라져가고 있었다.

1941년 12월 8일을 기점으로 문학자들의 시국인식은 큰 변화를 맞게 된다. 진주만 공격으로 시작된 미일 해전을 알리는 라디오 방송은 문학자로 하여금 "몸속 깊은 곳에서부터 불쑥 새로운 사람으로 태어나는 감동"이토 세이[伊東整], 『12월 8일의 기록』을 느끼도록 부추긴다. 지금까지 시국에 비판적인 자세를 견지하던 작가들도 이날을 기점으로 일제히 국체를 찬미하는 발언을 쏟아내기 시작한다. 아마도 자기만족적 작품을 쓰는 태도에서 벗어날 수 있을 것이라

는 기대감과 환희이시카와 다쓰조,『국부로서의 문학(国富としての文学)』, 1942 의 발로이
리라. 그리고 자신과 가족의 운명을 국가에 맡길 수 있게 된 데에
서 오는 안도감이토 세이, 앞의 책이리라. 이러한 '가족국가'에 대한 자각
은 지금까지 '전선'에 가졌던 콤플렉스를 만회할 추진력으로 발현
되었다.

'적'이 서구로 바뀐 미일 개전은 지식인들에게는 서구적 근대
합리주의를 극복해 가는 '지적 전율'[39]로 받아들여졌다. 1937년부
터 전후 1946년까지 장장 11년에 걸쳐 집필된 요코미쓰 리이치의
『여수旅愁』[40]는 '근대' 총결산의 의미를 갖는다. 그런데 서구 근대
과학에 맞서는 방식이 다름 아닌 애국심으로 무장한 고대 신도였
다는 점에서 안타깝게도 동시대 문학이 갖추어야 할 중요한 가능
성 하나가 사라지게 되었다.

1938년은 이시카와 준의 『마르스의 노래マルスの歌』[41], 이시카와
다쓰조의 『살아있는 병사生きてゐる兵隊』[42]가 잇달아 발금처분을 받은

---

39   1942년 잡지 『문학계』가 '근대의 초극'이라는 제목으로 특집호를 꾸렸는데, 여기
      서 가와카미 데쓰타로(河上徹太郎)가 서구적 지성과 '일본인의 피'의 상극이라는
      관점에서 '지적 전율'이라는 말을 언급했다.

40   프랑스 파리에 거주하는 회사원과 그녀의 연인을 중심으로, 서구와 일본, 과학과
      신앙의 대립을 그린 소설.

41   길가에 울려 퍼지는 유행가까지, 사회가 온통 군국주의, 전체주의 분위기로 물들
      어가는 모습을 그린 소설.

42   1937년 말, 남경(南京) 점령 당시의 육군 상황을 그린 소설.

해였다. 사실상 집필이 불가능한 상황으로 내몰린 나카노 시게하루, 미야모토 유리코宮本百合子의 사례에서 보듯, 이 시기의 작가들은 전시하 언론통제라는 무거운 짐을 짊어지게 되었다. 1942년, 마침내 내각정보국의 주도로 대정익찬大政翼贊을 위한 일본문학보국회가 설립되고, 그곳에 4천 명의 문인이 이름을 올렸다. 이후 1944년까지 점령하 아시아 여러 나라의 문인 대표를 불러모아 '대동아 문학자회의大東亜文学者会議'를 개최하기에 이른다. 제2회 도쿄대회에서 '대동아공동선언'을 작품화하자는 목소리가 나오기도 했지만 성과는 미미했다.

전시 배급제의 시행으로 인쇄용지가 부족해지자, 1941년에 전국 문예지 97개가 8개로 통합되고, 종합잡지도 속속 통폐합되어 갔다. 1943년, 다니자키 준이치로의 『세설細雪』 게재가 무산된 것도 이러한 배경이 자리한다. 날이 갈수록 가벼워져만 가는 잡지의 무게는 문학의 쇠퇴로 오인하기에 충분했다. 그러나 전기 르포르타주를 중심으로 쇼와 10년대의 전쟁문학 관련 단행본이 1천 권을 넘었다는 사실을 잊어서는 안 될 것이다. 전쟁미망인의 재혼이라는 금기에 도전한 시라카와 아쓰시白川渥의 『벼랑涯』1940이라든가, 조선 출신이라는 이유로 아쿠타가와상 유력 후보에서 밀려난 김사량金史良의 소설 등, 큰 주목을 받지는 못했지만 시대에 진지하게 맞선 작품들도 적지 않았다. 이들 작품을 지금이라도 발굴해 일본 근대문학사의 '공백'을 메울 필요가 있을 것이다.

다만, 이 시기의 소설을 검토할 때, 작가가 어떤 방식으로 저항했는지, 그 '증거'를 작품 속에서 찾아내 '협력'과 '저항'으로 양분하는 것은 그리 생산적이지 못할 것이다. 피해자의 입장에서 전쟁을 이야기하는 것이 갖는 한계를 우리는 이미 경험으로 알고 있기 때문이다. 식민지하에서 강제된 '일본어'로 쓴 소설을 '일본문학'이라는 범주에 한정해서도 안 될 것이다. 『산월기山月記』1942로 알려진 나카지마 아쓰시中島敦가 남양청 공무원으로 파라오로 건너가 작품활동을 계속했던 것처럼, '이문화'를 만나게 되면서 '일본'이라는 개념이 어떻게 상대화되고 변용을 강요받았는지 묻는 시점또한 필요할 것이다.

제7장

전후문학의 전개

패전은 '멸사봉공'으로 상징되듯, 공동체의식과 초국가주의적 내셔널리즘으로부터 일본인들을 해방시켰다. 이후 1951년 샌프란시스코 강화조약_{發表는 이듬해}까지 점령군^{GHQ}의 통치를 받게 된다. 초기의 점령정책은 진보적이고 이상적인 색채를 띠었고, 그 탓인지 일본은 패전했어도 해방감을 느꼈다. 문단 또한 국책문학의 그림자에서 바로 벗어나지 못하고 일시적 진공상태에 빠졌으나, 곧 '전후문학'을 이끌어갈 문인들이 다양한 모습을 하고 등장했다. 문인들의 '전쟁' 체험이 그 안에 짙게 투영되어 있는데, 그 안에서 전전－전시－전후의 연속성뿐만 아니라 문인의 자기형성사, 나아가 '해방'의 허와 실을 엿볼 수 있다.

1. 『신일본문학』과 『근대문학』

전후 '문화국가'를 슬로건으로 하여 문예잡지, 종합잡지의 창간 복간 움직임이 서서히 일기 시작했다. 그런데 문인이 집필에 참여한 잡지는 4, 5백 종을 넘지 못했고, 그 많던 잡지들은 여전히 제 모습을 찾지 못했다. 1950년 무렵까지 이어지던 출판 불황은 대형 출판사의 독점체제가 확립되면서 서서히 활기를 찾았지만, 이른바 '중앙문단'을 형성하지는 못했다. 예컨대, 전쟁을 피해 가마쿠라에 머물며 독자적으로 활동했던 가와바타 야스나리, 다카미 준 등은 전쟁 이후에도 얼마간 그곳에 머물렀다.

전후 저널리즘의 선두에 나선 이들은 전시 시국 찬미에 침묵을 이어가던 대문호들이었다. 나가이 가후의 『무희踊子』1946[1], 시가 나오야의 『잿빛 달灰色の月』1946[2], 다니자키 준이치로의 『세설』1946~47[3], 우노 고지의 『추억의 강思ひ出川』1948[4] 등이 그간의 문단의 공백을 메웠다. 하나같이 원숙미가 흐르는 개성 넘치는 작품들이다. 『세설』의 경우 전시에 출판이 좌절되고 전쟁 이후에 세상에 나오게 되었는

---

1   전쟁 전 아사쿠사를 무대로, 무희 자매와 '나'의 교류를 그린 소설.
2   패전 직후의 서민들 모습을 '나'의 시선으로 그린 소설.
3   몰락한 오사카 상류 계층의 네 자매 이야기. 셋째인 유키코의 혼담을 중심으로 당시 풍속을 잔잔하게 그려냈다. 다니자키의 대표작.
4   무려 23년간 이어진 소설가와 게이샤의 교류를 그린 소설.

데, '전후'의 의미를 묻는 날카로운 문제의식과는 거리가 있었다.

*

전후문학은 『신일본문학』과 『근대문학』, 이 두 잡지의 창간[1946]으로부터 출발한다. 신일본문학회는 괴멸상태에 빠진 프롤레타리아 문학 운동을 다시 일으키며 세력을 키워나갔고, 근대문학회는 전향체험을 통해 새로운 주체성 이론 만들기에 몰두해 갔다.

『신일본문학』 계열의 작가로는, 미야모토 유리코, 나카노 시게하루, 도쿠나가 스나오德永直, 사타 이네코 등 전시 탄압으로 자유로운 문학 활동을 금지당했던 이들을 들 수 있다. 예컨대, 혹독한 시대를 뚫고 살아남은 한 공산주의자의 삶의 궤적을 그린 미야모토 유리코의 장편 『도표道標』[1947~51]는 그 대표적인 작품이다. 『근대문학』 계열의 작가로는, 아라 마사히토荒正人, 히라노 겐平野謙, 혼다 슈고本多秋五 등의 평론가가 배출한 하니야 유타카埴谷雄高, 우메자키 하루오梅崎春生, 시이나 린조椎名麟三 등을 들 수 있다. 이 두 잡지는 전쟁 전 프롤레타리아 문학운동에 대한 평가를 둘러싸고 격렬한 대립[5]을 이루는

---

5 이른바 '정치와 문학' 논쟁. 전후 민주주의 문학을 전전 프롤레타리아 문학의 연장
    선상에서 바라보고자 한 나카노 시게하루 등의 『신일본문학』과, 정치의 우위성을
    주장하는 좌익문학을 비판하고 '문학'의 자립을 새롭게 도모하고자 한 히라노 겐,

데, 예컨대 나카노 시게하루의 『다섯 잔의 술五勺の酒』1947[6]에서 보듯, 이 논쟁의 당사자이기도 한 나카노는 '패전'을 곧 '해방'으로 인식하는 것을 경계하고, 서민들이 느꼈을 상실감, 굴욕감을 놓치지 않고 포착해 내었다. 또한, 『근대문학』의 중심 멤버 가운데 과거 마르크스주의를 지향했던 이들도 포함되어 있어 정치적으로도 진보적인 입장을 취했다. 이 두 잡지가 대립하는 지점은 단순히 정치적 입장의 차이가 아니라, 개인과 사회의 관계를 어떻게 바라볼 것인가 하는 보다 본질적인 관점의 차이에서 찾아야 할 것이다.

마르크스주의와 실존주의는 『근대문학』을 중심으로 한 '전후파'의 공통 모티프였다. 아울러 전후의 지知의 영역을 석권한 두 개의 기둥이기도 하며, 공산주의와 서구 개인주의의 융합을 모든 것으로부터의 '자유'를 주장한 주체성론을 통해 실현하고자 한 것도 공통된다. 예컨대, "인간은 에고이스틱하다, 인간은 추하고, 경멸스럽다, 그리고 인간의 모든 행위는 허무로 수렴된다. 이것을 통절하게 깨달아야 한다. 모든 것은 그 다음 일이다"라는 인상적인 문구의 아라 마사히토의 평론 『제2의 청춘第二の青春』1946, 사카구치 안고의 『타락론堕落論』1946, 다무라 다이지로가 주장한 '육체문학' 등은

아라 마사히토 등의 『근대문학』이 대립각을 세웠다.

6   노년의 중학교 교장의 시선으로, 서민들이 체감하는 천황제와 공산주의 운동 모습을 그리고 있다.

『근대문학』 창간호(1946.1)에 실린 미야모토 유리코의 글

생각보다 많은 공통점을 가지며, 인간의 실존적 모습을 되찾고자
한 전후 초기 분위기가 물씬 풍긴다. 전쟁의 화마가 훑고 지나간
사창가를 배경으로 한 다무라 다이지로의『육체의 문肉体の門』1947은
당시 큰 화제를 모았다.

스스로 손님을 찾아서 자기를 판다. 이보다 합리적인 직거래는 아
무리 수완 좋은 장사치라도 생각해 내지 못할 것이다. 은하수와 별이
수놓은 밤하늘 아래, 혹은 찌는 듯 무더운 날의 비구름 아래, 불타버

린 빌딩 안, 단골 시장, 습기 차고 음침한 방공호 안, 그녀들은 가리지 않고 몸을 눕힌다. 그렇게 길바닥에서 거래가 이루어진다. 손님들은 그녀들의 의외로 순수하고 맑은 눈동자를 마주하고 멈칫할 때가 있다. (…중략…) 법률도 세상 사람들이 말하는 도덕도 없다. 그런 것은 아직 일본이 패전하지 않았을 때, 그녀들이 군수공장에서 땀과 기계 기름으로 범벅이 되었을 때를 마지막으로, 폭탄과 함께, 그리고 그녀들의 가정과 육친과 함께, 저 멀리로 날아가 버렸다. 모든 것이 사라졌고 그녀들은 짐승으로 변했다.

전쟁으로 억눌렸던 자아에고 해방 의지가 매우 래디컬하게 표현되고 있다. 인텔리겐치아의 원망 섞인 목소리, 스스로를 '피해자'로 자리매김하기 시작한 지식인들. '가해자' 없는 '전후'는 이러한 분위기 속에서 시작되었다.

거칠게 표현하면, 근대의 문학은 '남들과 다른 나'를 지향해 가는 것과, 집단적 공생성, 공동체적 감성을 지향해 가는 것이 서로 복잡하게 얽혀 길항하고 교차하는 역사였다고 할 수 있다. 예컨대, 다케우치 요시미竹內好는 『근대주의와 민족 문제近代主義と民族の問題』1951에서 마르크스주의자와 근대주의자 모두 스스로를 전중 '피해자'로 규정하고, 피비린내 나는 민주주의를 피해간 사실을 지적했다. 나아가, 예술 창조의 근원은 작가의 개성이 아니라, 공동체에서 대

화하고 담화하는 것에서 찾아야 한다고 주장한다. 이러한 발상은
전후문학의 아킬레스건, 즉 자아절대화에 수반하는 타자, 전통과
의 괴리에 대한 근본적 비판이라고 할 수 있다. 그러나 집단과 개
인의 관계를 어떻게 물을 것인가 하는 더없이 중요한 문제는 안타
깝게도 '국가'와 '민족'의 재편이라는 정치적 문제로 바꿔치기 된
다. 그런 의미에서 일본 공산당 내부 분열에 호응하는 형태로 신
일본문학회가 이끌려 간 사실은 불행한 사태가 아닐 수 없다.

2. 무뢰파 작가들

쇼와 전반기 문학을 주도한 문인들 가운데 요코미쓰 리이치,
시마키 겐사쿠, 다케다 린타로 등은 과거의 족적을 지우기라도 하
듯, 패전 후 얼마 되지 않아 잇달아 유명을 달리한다. 전쟁범죄를
고발당할 위기에 처한 요코미쓰와 시마키는 전시 혼란 속에서 지
식인이 느낀 답답함과 통절한 심경을 토로하기도 했다. 요코미쓰
의 『밤의 구두夜の靴』1946와 시마키 겐사쿠의 『빨간 개구리赤蛙』1946는
그 대표적 작품이다. 다른 한편에서는, 이러한 시대 상황과 거리를
두며 왕성한 집필활동을 전개해간 작가들도 있었다. 예컨대, 가와
바타 야스나리는 1972년 자살로 생을 마감하기까지 『천 마리 학

千羽鶴』1952[7], 『산소리山の音』1954[8], 『잠자는 미녀眠れる美女』1961[9] 등의 걸작을 연이어 발표했다. 그는 일본 펜클럽 회장으로 활동하면서 일본 전통 미의식을 작품 속에 녹여내는 데 힘썼다. 그 결과, 1968년 일본 최초의 노벨문학상 수상자로 이름을 올렸다.

한편, 문예부흥기[1935년[쇼와 10년]을 전후한 시기]에 데뷔해 꾸준히 활동을 이어간 중견작가들은 이들과 다른 목소리를 냈다. 『사양斜陽』1947, 『인간실격人間失格』1948[10]의 다자이 오사무, 『백치白痴』1956[11]의 사카구치 안고, 『세상世相』1956[12]의 오다 사쿠노스케織田作之助, 『불탄 자리의 예수焼跡のイエス』1956[13], 『시온 이야기紫苑物語』1956, 『광풍기狂風記』1977 등 아나키즘이 돋보이는 작품을 쓴 이시카와 준 등이 그들이다. 여기

---

7   한 청년과 지금은 세상을 떠난 아버지의 연인, 그리고 그녀의 딸을 둘러싼 이야기. 다도(茶の湯)를 매개로 전개된다.

8   노인과 그의 며느리를 둘러싼 담백한 이야기.

9   여체(女体)에 환상을 품고 있는 노인, 그리고 '죽음'을 대하는 심상을 그린 소설.

10 오직 순수함만을 갈망하던 여린 심성의 한 젊은이가 인간들의 위선과 잔인함으로 파멸해 가는 모습을 그린 소설.

11 전쟁 말기, 육체적 쾌락에 빠진 한 백치 여자와 극도의 궁핍함에 내몰린 이자와가 우연히 동거하게 되면서 벌어지는 이야기. 공습을 대하는 남자의 모습에서 패전 직후의 일본인의 심상을 엿볼 수 있다.

12 암실, 복원병, 도박 등 혼란한 전후 풍속을 배경으로, 여자를 탐닉하는 '나'의 데카당한 심상을 그리고 있다.

13 소설 속 배경은 우에노 암시장. 주인공 '나'는 불량소년 등 뒤에서 몸에 불이 붙은 예수의 모습을 목도한다.

에 『리쓰코의 사랑 리쓰코의 죽음リツ子·その後 リツ子·その死』1950[14]의 단 가즈오檀一雄, 장편 『불의 새火の鳥』1953[15]로 큰 화제를 낳았던 이토 세이 등을 일컬어 '무뢰파無賴派'라고 명명했다. 이 이름은 "나는 무뢰 파리베르탄입니다. 속박을 거부합니다. 시류를 탄 얼굴을 조소합니 다."『답장의 편지(返事の手紙)』, 1946라는 문구에서 따온 것인데, 사카구치 안 고의 『타락론』에도 보이듯, 모든 기성 권위에 반발한다는 데카당 한 이미지가 선명하게 각인되어 있다. 몰락한 귀족을 테마로 한 다자이의 『사양』은 일약 베스트셀러가 되면서 '사양족斜陽族'이라 는 유행어를 낳았다. 많은 동시대 독자들은 소설 속 데카당한 작 가 우에하라와 나오지의 자살에서 다자이의 모습을 발견했다. 다 자이도 여기에 호응하듯 이듬해에 『인간실격』을 발표하고, 전후 의 고뇌를 온몸으로 껴안기라도 하듯 센세이션한 죽음동반자살을 맞 는다.

『사양』의 주인공은 옛 화족의 딸 가즈코. 우에하라와 이혼한 가 즈코는 사랑하는 어머니마저 세상을 떠나버리고, 마지막 남은 뱃 속 아기만은 끝까지 지켜내기로 결심한다. 이른바, '도덕혁명'의 수행이다. 반면, 가즈코의 동생 나오지는 "인간은, 모두, 동등하다" 는 사상에 격렬하게 반발하며 죽음에 이른다. 그의 죽음은 전후

14　결핵에 걸린 아내를 데리고 후쿠오카로 피난가는 남자의 심상을 그린 소설.

15　영국인 아버지를 둔 고독한 여배우와 청년의 사랑을 그린 소설.

민주주의에 대한 통렬한 비판 그 자체라고 할 수 있다. 다음은 일본 '최후의 귀부인'으로 호명된 '나'의 어머니의 임종 장면이다.

"신문에 폐하의 사진이 실렸던 것 같은데, 한 번 더 보여주겠니?"

나는 신문에 나와 있는 그 사진을 어머니의 얼굴 위로 펼쳐 보였다.

"많이 늙어 보이시네."

"아뇨, 이건 사진이 잘못 나온 거예요. 며칠 전 사진은 아주 젊고 세련되어 보이던걸요. 오히려 이 시기를 기뻐하고 계실 거예요."

"왜?"

"왜라뇨? 폐하도 이번에 해방되셨잖아요."

어머니는 쓸쓸한 웃음을 지으셨다. 그리고 말없이 몇 분쯤 있다가 입을 여셨다.

"울고 싶어도 이젠 눈물이 다 말라버렸어."

나는 문득, 어머니는 지금 행복한 게 아닐까, 생각했다. 행복이란 건 비애의 강물 속 깊이 가라앉아 희미하게 빛을 발하고 있는 사금 같은 것이 아닐까. 슬픔의 밑바닥을 뚫고 나와 어슴푸레 밝아오는 불가사의한 기분, 그것이 행복감이라는 거라면, 폐하도, 어머니도, 나도 분명 지금 행복한 것이다.

(…중략…)

그것이 어머니와의 마지막 대화였다.

그로부터 세 시간쯤 흐른 후, 어머니는 숨을 거두셨다. 가을날 조용한 황혼녘에 간호사에게 손목을 맡기고 나오지와 나, 단 두 명의 혈육이 지켜보는 가운데 일본 최후의 귀부인이었던 아름다운 우리 어머니가 말이다.

여기서 '폐하'가 등장하는 것은 우연이 아니며, '어머니'의 '죽음' 또한 전시 공동체 감성의 붕괴를 의미한다. 많은 이들이 남몰래 품었던, 그러나 밖으로 표출하는 것이 금기시되던 '전후'의 위화감을 드러내는 것이기도 하다. 쇼와 10년대의 역사적 과제, 즉 정신적 고향을 잃은 청년들의 공동체에 대한 희구를 전후 민주주의, 개인주의와 접목시키지 못하고 갈등이 빚어졌는데, 바로 이 갈등을 풀어가는 역할이 '무뢰파'에게 주어졌다고 할 수 있다.

『사양』, 신초사, 1947

쇼와 10년대에 중견작가로 활동하며 전시-전후의 단절을 심각하게 받아들이지 않고, 오히려 과거의 언론통제가 풀린 것을 계기로 적극적으로 전후의 시대상을 묘사해 간 작가들도 있었다. '육체의 해방'을 기치로 내걸고 관능적인 묘사를 전개한 다무라 다이지로,『눈부신 그림雪夫人絵図』1948~50[16] 등을 집필한 후나바시 세이치가 그들이다. 니와 후미오는 독자적인 애욕 묘사가 돋보이는『군살贅肉』1934[17]로 데뷔한 이래, 전시 종군작가로『돌아오지 못한 중대』1938 등의 작품을 발표하고,『꼰대가 되어 가는 나이厭がらせの年齢』1947[18]를 통해 본래의 작풍을 되찾으며 전후 문단에 합류했다. 나카무라 미쓰오中村光夫는 이러한 경향의 소설을 풍속소설로 경도되었다고 강하게 비판했지만, 대중문학과 순문학의 새로운 통합 가능성을 모색한 이른바 '중간소설' 장르를 개척한 점에서 평가할 만하다.『이시나카 선생 행장기石中先生行状記』1948~54[19]의 이시자카 요지로石坂洋次郎 등이 이에 해당한다.

---

16 남편의 학대에 고통받는 여성의 모습을 피학적이고 관능적으로 묘사한 소설.

17 집 나간 어머니에게 혐오와 동경이라는 모순된 감정을 느끼는 청년을 그린 소설.

18 사람들에게 피해를 주는 나이든 여성의 노욕을 그린 소설.

19 아오모리(青森)로 소개(疎開)한 이들의 애환을 그린 소설.

또한, 『근대문학』을 둘러싸고 내부로부터의 비판을 제기한 전후 문화인 그룹이 등장한다. 일명 '가루이자와軽井沢 계보'라고 일컫는다. 만년의 아쿠타가와를 따라 가루이자와로 피서를 떠난 호리 다쓰오가 그곳에 흠뻑 매료되어 눌러살게 되면서, 그 주변으로 평소 호리 다쓰오를 흠모하던 나카무라 신이치로中村真一郎, 후쿠나가 다케히코福永武彦, 가토 슈이치加藤周一 등이 모여들어 전후문학의 한 흐름을 형성한 것이 그 기원이다. 이들은 프랑스의 20세기 문학을 즐겨 읽던 서양교양파로, 전시에는 예술로 침잠해 은둔생활을 해오다 전후에 활동을 재개한다. 『1946 문학적 고찰』이라는 글로 주목받은 가토 슈이치는 『근대문학』의 아라 마사히토와 논쟁을 벌이는 한편, 에고의 추구를 휴머니즘이라고 착각하는 사태를 준엄하게 비판한다. 나카무라 신이치로中村真一郎는 5부작 『떠도는 구름雲のゆき来』1966을 비롯한 장편소설을 긴 호흡으로 써내려갔다. 후쿠나가 다케히코福永武彦는 『풀꽃草の花』1954, 『망각의 강忘却の河』1964, 『죽음의 섬死の島』1971 등 시정신과 낭만이 어우러진 장편을 발표했다. 나카무라와 어깨를 나란히 하고 '사소설' 풍토에 이의를 제기하며 전후문학의 '낭만' 계보를 확립해 간 공적은 크다고 하겠다.

3. 전후파의 색채

전후문학을 실질적으로 이끌어간 젊은 세대 작가들은 대부분 전쟁 전 좌익운동의 좌절을 겪고, 전시기의 억압이라는 어두운 질곡을 경험한 세대이다. 가장 큰 특징은 극한 상황으로 내몰린 인간의 모습을 실존적, 철학적으로 추구해간 자세에서 찾을 수 있을 것이다.

1946년부터 작품활동을 이어간 하니야 유타카는 1995년 헤이세이[平成] 7년에 『죽음의 혼死霊』

하니야 유타카

제9장을 발표했다. 이 작품은 작가의 사망으로 완결되지 못했지만, 장장 60여 년을 걸쳐 구상한 사변적 철학소설이다. 주인공 미와 요시는 '나는 나다'라는 명제에 의문을 품고 이를 철저히 추궁해 가는데, 이것을 '자동률自同律[동일률]의 불쾌'라는 말로 표현했다.

'불쾌가, 나의 원리다'라고, 깊은 밤 잠들지 못한 그는 계속해서 스스로에게 속삭였다. '타他 영역의 원리가 어떻든 자기를 자기라고 분명하게 밝히고 싶은 것, 이 원리만큼은 오류가 없다. 아아, 나는 나다, 라고 밝힌다는 것. 이 얼마나 공포스럽고 꺼림칙하며 불쾌한 일인가! 이런 나와 그런 나 사이에 열려 있는 심연은 얼마나 현기증 나는 깊이와 넓이를 가진 것일까! 그 틈새에 가랑이를 벌리고 서서 도약하는 힘은 우주를 움직이는 지렛대를 잡는 것만큼이나 힘을 요하는 일이다.'

미와 가문의 피를 이어받은 남자들이 '나'를 집요하게 추궁해 간 반면, 요시의 약혼자 야스코의 쓰다 가문은 이와 대조적으로 자기 방기, 무저항을 미덕으로 삼았다. 실은 양쪽 집안은 3백 년 동안 자식을 나눠 가진 깊은 인연이 있다. 야스코와 요시의 관계는 자기 내부의 '우주'를 끊임없이 추궁해 가다 그 끝에서 '허상'을 만나고, 그것이 외부의 '자연'과 조화를 이루어 가는 과정으로 요약된다. 메이지 이래 근대문학의 중요한 테마 중 하나인 '자아'와 '자연'의 조화는 이렇듯 전후파 작가의 거대한 구상하에 변주에 변주를 거듭해 가게 된다.

쇼와 10년대를 전후한 마르크스주의의 탄압을 그린 『검은 그림暗い絵』1946[20]으로 데뷔해, 구 육군 내부의 부패와 비인간성을 고

---

[20] 중일전쟁 발발을 전후한 어두운 시대를 배경으로, 교토대학 학생들이 사회혁명에 눈떠가는 과정을 그린 소설.

발한 『진공지대真空地帯』1952의 작가 노마 히로시野間宏. 노마 히로시 역시 전전과 전시를 관통하는 '전후파' 작가이다. 인간을 생리, 심리, 사회라는 세 가지 측면으로 응시하는 '전체소설全体小説'을 구상해 무려 24년에 걸쳐 『청년의 고리青年の環』[21]를 완성한다. 시이나 린조 역시 『심야의 술자리深夜の酒宴』1947[22], 『후카오 마사하루의 수기深尾正治の手記』1948[23] 등 전향체험을 묻는 작품으로 데뷔했다. 작가 자신의 삶이기도 한, 궁핍한 서민에 대한 깊은 애정이 작품 저변에 흐르고 있다. 사상성과 서정성이 풍부한 『영원한 서장永遠なる序章』1948은 그의 대표작이라고 할 수 있다. 죽음에 임박한 주인공 복원병이 사람들과 어울려 살아가는 기쁨, 일상의 행복에 눈떠가는 이야기다.

　그렇다. 내일, 사람들은 의욕을 잃고, 이 거리는 다시 죽음의 폐허로 변해 버리지 않는다고 그 누가 장담한단 말인가. 하지만 그는 사람들과 숨 쉬고 함께 하는 생활에서 더 없는 감동을 느낀다. 아주 예전 나 자신을 짓누르던 어둡고 무거운 삶의 느낌은 어디로 갔을까? 나

21　전시를 배경으로, 인민전선운동에 뛰어든 청년(시청 공무원)과 자신의 아버지의 비리를 폭로하는 청년(부르주아 출신) 이야기.

22　전쟁으로 불타버린 아파트에서 궁핍한 생활에 내몰린 '나'의 우울한 이야기.

23　특고(特高)에게 쫓기는 공산당원 청년 이야기. 일정한 거처 없이 이리저리 떠돌아다니는 청년의 모습을 허무적으로 그리고 있다.

는 누가 뭐라고 해도 나다. 변한 것은 없다. 단지 죽음이 눈앞에 보이기 시작했을 뿐이다. 그런데도 오히려 화창한 기분이 드는 건 왜일까? 아주 예전의 나는 이렇게 사람들 속에 서 있을 수 없었다. 거리로 나간다 해도 자신의 고독만 확인할 뿐. 그러나 지금의 나는, 사람들에게서 살아있음을 실감케 하는 신성함을 느낀다. 어김없이 찾아오는 내일은 분명 나에게 허무한 시간일 테지만, 그

시이나 린조

럼에도 그것은 내일에 대한 격정을 가져다주는 힘의 근원인 것이다.

'죽음死'을 눈앞에 둔 극한 상황에서 '생生'을 묻는 것은 '전후파'의 두드러진 특징이기도 한데, 바로 이 자기완결적 '생'을 뛰어넘어 자기 자신을 어떻게 타자로 열어갈 것인가 하는 과제가 시이나 린조에게 부여되었던 것이다.

우메자키 하루오는 전쟁의 비인간성을 고발한『사쿠라섬桜島』1946[24],
『하루의 끝日の果て』[25]으로 데뷔했지만, 그의 진가는『오래된 집의 봄
가을ボロ家の春秋』1954[26] 등 서민 세계를 그린 일련의 작품에서 발휘되
고 있다. 인간 실존을 형이상학적으로 묻고, 세계상을 재구축해 가
고자 한 전후파는, 한편으로는 지식인과 대중의 이반이라는 테제를
짊어지고, 다른 한편으로는 궁핍한 생활과 거리를 둔 형태로 전개
되어 갔다.

1946년 심각한 식량부족으로 고통받던 민중들이 황거皇居 앞
에서 시위를 벌인 '식량 메이데이'와 이듬해의 GHQ '2·1 제네스
트'[27] 중지 명령 등은, 미군이 더이상 '해방군'이 아님을 확인하는
계기가 되었다. 한국전쟁은 국제정치의 냉혹한 논리를 전후 이상
주의를 통해 추궁하는 결과가 되었고, 냉전 구도에 편승한 일본은
미국의 극동 군사전략에 서서히 편입되어 갔다.

이러한 정세 속에서 조금 뒤늦게 데뷔한 세대는 같은 전후파라
고 하더라도 기성세대와는 조금 다른 색채를 띠고 있었다. 1947년

---

24 해군 특공기지 통신원으로 명 받은 '나'. 이 '나'의 시선에 비친 패전을 전후한 풍
　　경이 사실적으로 묘사되고 있다.

25 제2차 세계대전 말기, 필리핀으로 파병된 중위가 탈영해 자살하는 이야기.

26 쓰러져가는 오래된 집을 무대로, '나'와 부부, 초라한 중년 남자의 기묘한 인생 이야기.

27 [옮긴이] 전후 활동을 재개한 공산당의 지도로 과격한 노동운동이 전개되어 1947
　　년 2월에 제네스(대규모 파업이라는 뜻의 제너럴 스트라이크의 약어)가 계획되
　　었지만 GHQ에 의해 금지되었다.

데뷔한 아베 고보^{安部公房}와 이듬해에 등장한 홋타 요시에^{堀田善衛}가 그들이다. 여기에 시마오 도시오^{島尾敏雄}를 넣어 '제2차 전후파'라고 칭한다. 홋타 요시에의 『광장의 고독^{広場の孤独}』¹⁹⁵¹은 한국전쟁을 둘러싼 비정한 정치 메커니즘을 폭로하고 있으며, 동시대 지식인이 느꼈던 불안감과 폐색감은 '전후'의 변화를 예고하고 있었다.

4. 하나가 아닌 전쟁체험

전쟁이 끝난 후, 작가들은 자신이 겪은 전쟁을 어떻게 받아들였을까? 오카 쇼헤이^{大岡昇}^平는 조금 색다른 전쟁을 경험했다. 그는 1944년, 25세의 나이에 필리핀 민도르섬에 동원되어, 이듬해 미군의 포로가 된다. 레이테섬 수용소에서 패전을 맞게 되는데 그의 대표작 『포로기^{俘虜記}』¹⁹⁵³는 이때의 경험을 작품화한 것이다. 또 다른

오카 쇼헤이

소설『들불野火』[1951]은 패전하여 필리핀 밀림을 전전하던 일본군 병사가 인육 앞에서 고뇌하는 모습을 그리고 있다. 극한상황에 내몰린 인간의 실존적 고민과 방황을 그리고 있는 점에서 전후파 색채가 강하게 묻어난다.

시마오 도시오 역시 특공대 일원으로 출격명령을 받았으나, 출격 직전에 패전을 맞게 된다. 그 경험을『출고도기出孤島記』[1949],『출발은 마침내 찾아오지 않고出発は遂に訪れず』[1962]에 녹여내었다. 그 외에도 아내의 정신적 고뇌를 함께 하는 일상을 그린『죽음의 가시死の棘』[1970] 등이 있다. 시마오의 일련의 작품은 일상과 전쟁의 비일상성이 표리관계를 이루고 있음을 주제로 하고 있는데,『꿈속에서의 일상夢の中での日常』[1948][28]은 이 일상과 비일상성이 뒤바뀐 상황을 보여준다.

어떤 이유에서인지 원폭의 참상을 그린 작품은 그리 많지 않다. 그런 가운데 하라 다미키原民喜의『여름꽃夏の花』3부작[1949]은 이른바 원폭문학을 대표하는 작품이다. 소설은 피폭 직후의 참상을 가타카나로 표기해 초현실주의 분위기를 풍기며, 혈육을 찾아 떠도는 인간 군상을 부각시켜 보인다. 인간의 '죽음'을 떠올리게 하는 참혹한 전쟁터나 대지진으로 모든 것이 불타버린 모습은 주로 르포

---

28   거리 풍경, 부모와의 갈등, 몸의 이상 등을 '나'의 시선으로 담담하게 그린 소설.

르타주로 형상화되며, 그 모습 그대로 소설화한 것은 찾아볼 수 없다. 쇼와 10년대에 환상소설로 이름을 알린 하라 다미키는 히로시마에서 목도한 벌거벗은 현실을 문학으로 승화시켜 보이고자 했으나, 그 시도는 1951년 자살로 삶을 마감하면서 이루어지지 못했다. 또 다른 원폭 작품으로 오타 요코大田洋子의『시체의 거리屍の街』를 들 수 있는데, 이 소설은 GHQ의 검열에 걸려 곳곳이 삭제된 채, 집필로부터 3년 후인 1948년에 세상에 나오게 되었다. GHQ의 검열은 전시 검열보다 더 교묘했다. 1945년 8월 15일을 기점으로 두 개의 프레스 코드Press Code : 점령 정책에 비판의 목소리를 내는 일본 신문을 단속하기 위한 조치가 문학의 향방에 커다란 영향을 미쳤음은 주의를 요한다.

전쟁은 민족과 국경의 가변성, 유동성을 재확인하는 일이기도 했다. 다케다 다이준武田泰淳은 패전을 상하이에서 맞게 되는데, 식민지지배 논리가 무너져 가는 상황 속에서『심판審判』1947,『살무사의 최후蝮のすゑ』1947 등의 작품을 내놓는다. 다음은 장면은『심판』의 일부로, 자명한 것으로 여겼던 정체성이 무너지며 '망국의 민'으로 전락한 심경을 그리고 있다.

일본인, 특히 상하이 주변에 거주하는 일본인은 이미 중국의 죄인이나 다름없다. 중국만이 아니라, 모든 세계로부터 죄인이라는 말을 들어도 할 말이 없다. 전쟁에 패배해 분한 마음보다, 나는 태어나서

한 번도 경험해 보지 못한, 너무도 확실하게 세계 가운데 나의 위치, 입장을 들켜 버린 것이 분하고 분했다. 이곳 상하이는 곧 세계이다. 이 세계의 심판이 바람에 실려 불어오는데도 패망한 동방의 한 나라 인민은 그 추한 모습을 감추지도 못하고 그저 가만히 있다. 그 비참함 은 이루 말할 수 없다. 내게는 참회라든가 속죄라든가 하는 적극적인 의지는 일지 않았다. 다만 멸망하는 유대인, 죄악의 무거운 짐을 진 백인계 러시아인, 그들 망국의 민이 짊어진 운명이 곧 지금 나 자신의 운명이라는 격렬한 감정의 소용돌이에 밤낮으로 휩싸여 있었다.

'가해자/피해자'라는 구도를 넘어, '멸망'이라는 원근법을 사용 해 '민족'이라는 개념을 상대화하고 있다. 그것이 가능했던 것은 다케다가 조금 특수한 상황에 있었기 때문이다. 다케다와 마찬가 지로 상하이에서 패전을 맞았던 홋타 요시에는 조직과 인간의 관 계를 시니컬하게 응시하는데, 이 역시 '외지' 체험 없이는 불가능 했을 터다.

아베 고보 역시 만주^{중국 동북부}에서 패전을 목도한다. 아베는 전후 아방가르드^{전위예술}를 이끌어간 특이한 작가이다. 일상적 현실과 초 현실적 세계가 뒤바뀐 모습을 추궁해 간다. 아쿠타가와상 수상작 인 『벽-S.카르마의 범죄^{壁·S.カルマ氏の犯罪}』¹⁹⁵¹는, 어느 날 갑자기 자신 의 이름을 잃게 된 남자가 겪게 되는 부조리함을 그린다. 아베의

아베 고보

만주체험은『막다른 길의 이정표에終りし道の標べに』1948,『짐승들은 고
향으로 향한다けものたちは故郷をめざす』1957의 제재가 되었는데, 이향에
서의 정체성 붕괴가 메타모르포제변신의 모티프가 되고 있음은 중
요한 의미를 갖는다. 이것은 고도경제성장기 일본 사회문제와도
맞물리며, 그 구체적인 모습은 모래 안에 갇힌 폐색감을 그린『모
래의 여인砂の女』1962에서 확인할 수 있다.

*

이들 작가에서 한 세대 더 내려가면, 쇼와 10년대에 청년기를 보낸 작가군이 있다. 패전 이후를 '남은 생'이라고 여기며 창작에 몰두한 작가 미시마 유키오三島由紀夫도 그중 하나다. 1941년『꽃이 만발한 숲花ざかりの森』[29]으로 데뷔했으나, 주목을 받게 되는 것은 1949년『가면의 고백仮面の告白』[30]을 발표하면서다. 실제 방화사건을 테마로 한『금각사金閣寺』[1956]는 스러져가는 미학에 종전체험을 투영한 독특한 작품이다. 전쟁 말기를 살아가는 주인공은 "나를 불태워 없애버릴 불은 금각까지 불태워 없애버릴 것이다"라며 비관했지만 예상과 달리 금각사는 전쟁이 끝나도 건재했다.

'금각과 나와의 관계는 끊겼구나' 하고 나는 생각했다. '이것으로 나와 금각이 같은 세계에 살고 있다는 몽상은 깨졌다. 다시 원래의, 원래보다 훨씬 더 절망적인 사태가 시작되리라. 아름다움은 저 너머에 있고, 나는 여기 있는 사태. 이 세상이 계속되는 한 변함없을 사태……'

패전은 나에게 이러한 절망의 체험 그 자체였다. 지금도 내 앞에는 8월 15일의 불길 같은 여름 햇빛이 보인다. 모든 가치가 붕괴되었다고 사람들은 말하지만, 내 안에서는 그와 반대로 영원永遠이 잠에서 깨어나 소생하여 그 권리를 주장했다. 금각이 그곳 미래에도 영구히

---

29 고귀한 선조를 동경해 오던 '나'가 마침내 그들과 만나게 되는 이야기.

30 동성애를 느끼는 '나'의 성적 편린을 그린 소설.

존재하리라는 사실을 말해주는 영원.

하늘에서 내려와 우리들 뺨에, 손에, 배에 달라붙어서 우리를 묻어버리는 영원. 이 저주스러운 것……. 그렇다, 주위의 산에서 들리는 매미 소리에서도 전쟁이 끝나던 날 나는 이 저주 같은 영원을 들었다. 그것이 나를 금빛 흙벽 속에 매장해 버렸다.

미시마는 쇼와 10년대 일본낭만파의 세례를 받은 작가이다. 현실로부터 소외되었기 때문에 동경憧憬을 말할 수 있다는 낭만주의적 아이러니에 대한 확신은 그의 생애 전체를 지배했다. 하지만 미시마의 낭만주의는 언뜻 보면 관련이 없을 듯한 고전주의와 표리관계를 이룬다. 미시마는 1952년 그리스 여행을 계기로 고전의 미를 재발견하고, 소설을 쓴다는 것은 곧 언어로 단단하게 집을 짓는 것이라는 신념을 확고히 한다. 그것을 『파도소리潮騷』1954라는 작품으로 형상화해 성공을 거두지만, 오히

미시마 유키오

려 낭만주의로의 회귀를 재촉하는 결과가 되었다. 이렇듯 미시마에게 낭만주의와 고전주의는 동전의 양면 같은 불가분의 관계였다. 그 이후, 점차 국수주의로 기울어 동양적 윤회사상을 체현한『풍요의 바다豊饒の海』4부작1969~70을 완성한 직후, 이치가야市ヶ谷의 자위대로 향해 천황친정天皇親政 혁명을 주장하며 할복자살로 생을 마감했다.

★

한국전쟁 특수로 일본은 경제부흥기를 맞이했고, 이를 바탕으로 1952년쇼와 27에서 55년에 걸쳐 이른바 '제3의 신인'들이 문단에 등장했다. 고지마 노부오小島信夫, 야스오카 쇼타로安岡章太郎, 아가와 히로유키阿川弘之, 요시유키 준노스케吉行淳之介, 쇼노 준조庄野潤三, 엔도 슈사쿠遠藤周作 등이 그들이다. 그 가운데 고지마 노부오의『아메리칸 스쿨アメリカン·スクール』1954은 미국을 향한 일본인의 굴절된 심리를 풍자와 해학으로 표현함으로써 미군의 점령을 상대화하는 탁월한 시각을 보여주었다. 이 작품은 아쿠타가와상 수상작이기도 하다. 쇼노 준조의『풀사이드 소경プールサイド小景』역시 고지마와 같은 해에 아쿠타가와상을 수상했는데, 중산층 샐러리맨 가정의 권태로운 일상을 그리고 있다. 관념 세계에서 현실 세계로 회귀하려는 동시대 분위기를 상징적으로 보여주고 있다.

야스오카 쇼타로의 『나쁜 동료悪い仲間』1953는, 군국주의 시대에 아웃사이더로 살아간 자신의 실제 경험이 녹아든, '약자'의 시선으로 포착한 묘사가 돋보인다. 시대를 훌쩍 뛰어넘어 1973년에는 『달려라 토마호크走れトマホーク』에서 문명비판적 사유를 보여주었고, 『유리담流離譚』을 통해 역사소설의 새로운 형태를 선보였다.

엔도 슈사쿠는 유학 중 겪은 인종 콤플렉스를 테마로 한 『하얀 사람 노란 사람白い人・黄色い人』1955, 규슈대학 의학부의 생체해부 사건을 다룬 『바다와 독약海と毒薬』1957 등으로 실력을 인정받아 『침묵沈黙』1966[31], 『깊은 강深い河』1993 등으로 이어지는 '신이 없는 풍토'로서의 일본을 거침없이 그려갔다. 또한, 전후를 대표하는 가톨릭 계열의 작가로 오가와 구니오小川国夫가 있다. 『아폴론의 섬アポロンの島』1957으로 데뷔한 이래 이른바 '내향의 세대'를 잇는 가교역할을 맡는다.

'제3의 신인'에 속하는 작가로 요시유키 준노스케를 빼놓을 수 없다. 성애를 테마로 하여 일상의 가볍고 애매한 인간관계를 응시하는 독특한 필치로 『소나기驟雨』1954, 『암실暗室』1969[32], 『해 질 녘까지夕暮まで』1980 등을 내놓으며 폭넓은 사랑을 받았다.

이렇듯 '제3의 신인'들의 주제와 작풍은 매우 다양하게 펼쳐져 있어 하나로 정의하기 어렵지만, 비소한 자신을 되돌아보는 방식

---

31 기독교 포교를 위해 일본으로 건너온 포르투갈 출신 젊은 사제의 파란만장한 이야기.

32 사별한 마흔셋의 소설가와 세 명의 여자 이야기.

으로 '전후파'와 안티테제를 이루며 긴 호흡으로 창작에 몰두해 간 점을 특징으로 꼽을 수 있다.

5. 가이코 다케시와 오에 겐자부로

쇼와 30년대[1955~65]는 가이코 다케시開高健와 오에 겐자부로大江健三郎가 데뷔한 시대이자 신세대 작가의 활약이 두드러진 시대이다. 대학시절을 전후의 혼란과 궁핍 속에서 보낸 가이코 다케시는『패닉パニック』[1957]이라는 작품을 발표하며 문단에 나섰다. 소설은 120년 만에 조릿대가 일제히 개화해 우왕좌왕하는 모습을 풍자적으로 묘사해 주목받았다. 오사카 하층민의 삶을 오사카 방언 요설체로 그린『일본 삼문 오페라日本三文オペラ』[1979]를 비롯해 베트남전쟁 등 사회 참여적 성향의 소설을 집필했다.

오에 겐자부로는 군국주의 교육에서 전후 민주주의 교육으로 바뀌는 쇼와 10년대에 청년기를 보낸 세대이다. 교육방침의 180도 전환으로 인한 폐색감은『뒤늦게 온 청년遅れてきた青年』[1962][33]에 잘 표현되어 있다.

33　전쟁에서 운 좋게 살아 돌아온 청년이 사회에 복귀해 성공한 삶을 살아가지만, 그의 내면 깊숙한 곳에는 늘 허무감이 자리한다.

데뷔작인『사자의 잘난 척死者の奢り』1957은 의학부 지하 수조에 잠긴 해부용 사체를 처리하는 아르바이트를 하는 청년이 주인공이다. 대학생인 '나'는 전쟁 중 탈영 시도로 죽음을 맞이한 사체를 눈앞에 두고 다음과 같이 자문자답한다.

길고 긴 전쟁 동안 나는 쉬지 않고 성장했어. 전쟁이 끝나는 것만이 불행한 일상의 유일한 희망인 것 같은 시기에 성장해 온 거지. 그리고 그 희망의 징조가 범람하는 틈바구니에서 나는 숨이 막혀 죽을 것만 같았어. 전쟁이 끝나고 그 시체가 어른들의 마음이라는 위장에서 소화되었고, 또 소화가 되지 않은 고형물이나 점액은 배설되었지만, 나는 그 작업엔 참가하지 않았어. 그리고 우리의 희망이라는 것도 흐물흐물 녹아버렸어.

나는 너희의 그 희망이라는 걸 온몸으로 짊어지고 있었던 셈이지. 다음번 전쟁은 너희 차지가 되겠구나.

나는 군인의 오른쪽 발목을 잡아 올려 생전엔 아마도 굵고 잘생겼을 엄지발가락에 번호표를 묶었어.

우리하고는 상관없이 또 전쟁이 시작되려 하고, 우리는 이번엔 틀림없이 허무하게 범람하는 희망에 빠져 죽게 될 거야.

'나'는 쇼와 10년대 일본을 지배한 가치관이나, 전후 신일본 건

설 모드에서 밀려난 청년이다. 현 상황을 지배하는 '희망' — 그것이 전쟁 전 것이든 전후의 것이든 — 에 대한 불신이야말로 그들 세대의 공통 모티프였다. 이러한 문제의식은 이후 '단카이団塊 세대', '내향의 세대'라고 불리는 젊은이들에게 계승되어 갔다. 또한, 장애를 가진 아들을 그린 『개인적 체험個人的な体験』1964[34]을 비롯해 『성적 인간性的人間』1963, 『세븐틴セヴンティーン』1961 등의 화제작을 속속 발표한다. 『성적인간』과 『세븐틴』에서는 '성적 인간'과 '정치적 인간'이 갈등하는 모습을 그리고 있으며, 『만엔 원년의 풋볼万延元年のフットボール』1967에서는 만엔 원년1860에 발발한 농민봉기百姓一揆와 그로부터 100년 후인 60년 안보투쟁을 겹쳐 보인다. 소설의 무대인 '골짜기 마을'은 시공을 초월한 재생의 땅이자, 마을 사람들의 공동환상이 깃든 땅으로 기능한다. 『동시대 게임同時代ゲーム』1976은 시코쿠四国 숲을 배경으로 문화인류학과 신화적 감성으로 충만한 필치를 선보였다. 또 다른 한편에서는 핵무기 반대의 목소리를 내기도 했다. 1994년에 가와바타 야스나리에 이어 일본에 두 번째 노벨상을 안겨주었다.

---

34 뇌헤르니아 장애를 안고 태어난 아이를 둔 아버지의 고뇌를 그린 이야기. 아이를 죽게 내버려 둘 것인가, 수술로 생명을 건질 것인가, 평생 불구자로 살아가야 할 아이를 키워야 할 것인가, 여러 생각 끝에 마침내 아이를 살리기로 결심한다.

오에 겐자부로

고도경제성장기와 포스트모던

이 장에서는 쇼와 30년대에서 50년대 초까지의 문학을 다루기로 한다. 이 시기는 일본의 고도경제성장 시대와 맞물린다. '근대문학' 장르가 대중소비사회를 이끌며 황금기를 구가하고, 서구의 근대나 마르크스주의 같은 가치체계가 더이상 지식인들을 매료시키지 못했다. 미디어의 변화로 '순문학'이라는 개념 또한 크게 바뀌었다. 1990년대에 접어들면 인문학에서도 '일본', '근대', '문학'에 관한 개념을 돌아보는 움직임이 일었다. 100년 넘게 이어져 온 지금까지의 '소설' 역사에 또 하나의 커다란 분기점이 생기게 된 것이다.

1. 『태양의 계절』과 사회파 추리소설

이시하라 신타로石原愼太郎가 대학 시절 발표한 『태양의 계절太陽の季節』1955[1]은 아쿠타가와상 수상과 함께 30만 부 판매 기록을 올리며 일약 베스트셀러가 되었다. 영화로 만들어지기도 하고(이시하라가 직접 연출하고 출연함), 기성 사회의 권위에 반항하는 젊은이들을 상징하는 '태양족太陽族'이라는 신조어도 낳았다. 그 배경에는 크게 두 가지 요소가 자리한다. 하나는, 전후 10년을 거쳐 일본이 안정기에 접어들면서 젊은이들은 살기 위해 일해야 했던 기성세대와 선을 긋고, 성의 해방 등 기성의 윤리에서 해방되는 길을 모색해 갔다. 다른 하나는, 경제성장과 함께 '문학'이 대중소비사회의 한 축을 담당하게 된 것을 들 수 있다. 이러한 요청에 부응하기 위해 '소설'을 비롯한 미디어 환경에도 변화의 바람이 불었다.

사회추리소설의 탄생은 이러한 상황을 상징적으로 보여준다. 잡지 『보석宝石』의 창간과 요코미조 세이시橫溝正史의 『본진 살인사건本陣殺人事件』1946[2] 시리즈물을 통해 전후 탐정소설이 부활했고, 마쓰모토 세이초가 쇼와 30년대에 새로운 물결을 일으키며 등장했다. 세이초

---

1   주인공은 고등학교 3학년 학생. 그는 스스로 악역을 자처하며 기성 도덕과 사회
     질서에 반하는 행동을 서슴지 않는다.
2   본진 살인사건에 명탐정 긴다이치 고스케(金田一耕助)가 해결사로 나선다.

마쓰모토 세이초

는 모리 오가이의 좌천 시대를 테마로 한 『어느 「고쿠라 일기」전或る「小倉日記」伝』1952으로 아쿠타가와상을 수상했다. 이후 『점과 선点と線』1957~58[3] 등의 추리소설로 폭발적인 인기를 구가한다. 수수께끼를 풀어가는 식의 그간의 추리소설과 달리, 세이초의 작품은 사회의 복잡한 메커니즘을 숨김없이 드러내어 새로운 사회악에 메스를 대는 형식을 취한다.

미나카미 쓰토무水上勉의 『안개와 그림자霧と影』1959[4] 등이 그 뒤를 이어 사회파 추리소설이라는 새로운 장르를 개척해 갔다. 그 배경에는 문학을 향유하는 독자층 확대를 가져온 '주간지 붐'이 자리한다. 후나바시 세이치, 니와 후미오, 이시자카 요지로의 작품을 비롯해 겐지 게이타源氏鷄太의 샐러리맨을 주인공으로 한 유머소설, 오사라기 지로大佛次郎의 문명사적 사회소설 등 이른바 '중간소설'

---

3   정사사건과 관청 비리가 뒤얽힌 본격 추리소설.

4   일명 '트럭부대 사건'이라고 불리는, 군수품 절도사건을 다룬 추리소설.

이라고 불리는 작품군이 앞장서서 이끌었다.

예컨대, 『엽총猟銃』[1949][5]으로 데뷔한 이노우에 야스시井上靖는 『덴표의 용마루 기와天平の甍』, 『돈황敦煌』[1959][6] 등 실크로드를 무대로 한 역사소설로 인기를 구가했다. 요시카와 에이지吉川英治의 『신 헤이케 이야기新·平家物語』[1949~57][7]와 시바타 렌자부로柴田錬三郎, 시바 료타로司馬遼太郎 등의 활약으로 역사소설도 새로운 전기를 맞이한다. 『상심喪神』[1952]으로 아쿠타가와상을 수상한 고미 고스케五味康祐는 야규 주베 등을 다룬 '검객물' 붐을 일으켰고, 노무라 고도野村胡堂는 범죄사건을 제재로 한 추리소설로 인기를 끌었다. 『전나무는 남았다樅の木は残った』[1954~55][8]를 비롯한 야마모토 슈고로山本周五郎의 일련의 작품은 시타마치下町 인정에 바탕을 둔 예술성이 높은 평가를 받았다. 추리소설로 출발한 미나카미 쓰토무가 『기러기의 절雁の寺』[1961][9]을 집필하며 탐미적 예술소설로 나아간 것에서 알 수 있듯, '순문학'이라는 개념은 서서히 변화를 예고하고 있었다.

고도경제성장기는 문학전집 간행 붐으로도 이어졌다. 과거 '엔

---

5   한 남자에게 보내는 아내와 애인, 애인의 딸들의 편지로 구성된 소설.

6   다이라노 기요모리(平清盛)를 중심으로 한 헤이케 일가의 성쇠를 그린 대하소설.

7   중국 송대(宋大)의 한 남자의 사랑과 불전(仏典)을 지키기 위해 고군분투하는 이야기.

8   '다테 소동'을 다룬 소설.

9   주지승을 살해하고 사랑하는 여자를 빼앗는 한 스님 이야기.

폰円本'**10**이 그 역할을 했던 것처럼, 근대문학 전반을 부감하는 100권에 이르는 전집이 기획되었다. 학문 후속세대가 늘어나고, 1968년을 기점으로 '메이지 100년' 기념행사가 이어지면서 근대문학은 바야흐로 국민 문화유산으로 뜨거운 조명을 받게 된다.

2. 기성 문학의 수맥

메이지기부터 쇼와기에 걸쳐 활동한 문호들이 만년의 원숙기에 접어드는 시기가 도래한다. 가와바타 야스나리의 노벨상 수상은 서구 문화에 대한 콤플렉스를 불식시키는 계기가 되었고, 여자의 발에 밟혀 극락왕생하고 싶은 원망을 그린『미친 노인의 일기瘋癲老人日記』1961~62와 노인의 성을 주제로 한『열쇠鍵』1956**11** 등의 화제작을 낳은 다니자키 준이치로가 이 시기의 문단을 이끌었다. 무로 사이세이 또한 창작 의욕을 불태우며『살구杏っ子』1956~57**12**, 금붕어가 소녀로 변

---

10 **[옮긴이]** 쇼와 초기에 유행한 한 권에 1엔 균일인 전집·총서본.

11 소설은 대학 교수인 초로의 남편과 그의 아내가 정월부터 각자 일기를 쓰는 것으로 시작된다. 권태기에 빠진 중년 부부가 비밀스럽게 서로의 일기를 훔쳐보며 상대의 정신과 육체를 탐닉해 가는 스토리는 다니자키가 일관되게 추구해 온 에로티시즘의 정수를 이룬다.

12 사생아로 태어난 남자의 삶을 담담하게 그린 소설. 딸아이가 태어나 성장해 가정을 이루고 이혼에 이르는 과정을 아버지의 시선으로 따라간다.

『미친 노인의 일기』, 중앙공론사, 1962

신해 노작가와 대화를 나누는 환상소설『꿈의 비애蜜のあはれ』1959 등의 걸작을 만년에 발표했다. 나가이 가후1959, 마사무네 하쿠초1962, 시가 나오야1971 등이 차례로 세상을 떠나면서 근대문학의 지형에도 변화가 일었다.

다른 한편에서는, 이토 세이가 번역한 D. H. 로렌스의『차타레 부인의 사랑』이 외설문서 유포죄에 걸려 '예술인가 외설인가'를 둘러싼 법정투쟁을 야기했다. 마쓰가와 사건 피고인 구명운동에 나선 히로쓰 가즈오 등 기성 작가들의 사회참여가 두드러진 시기이기도 하다.

'사소설'은 전후에도 계속되어, 간바야시 아카쓰키上林暁의『성요하네 병원에서聖ヨハネ病院にて』194613, 오자키 가즈오尾崎一雄의『이런저런 벌레들虫のいろいろ』194814을 비롯해 후지에다 시즈오藤枝静男, 후지 마

13　전후 혼란기를 배경으로, 죽음을 앞둔 병든 아내를 간호하는 남편 이야기.

14　와병 중인 '나'의 시선으로, 주변의 살아있는 생명체를 통해 삶과 죽음을 관조하는

사하루富士正晴, 아미노 기쿠網野菊, 고다 아야幸田文, 나가이 다쓰오永井龍
男 등이 꾸준한 활동을 전개했다. 예컨대, 오래된 나무를 찾아 전국을
떠도는 노년의 의사를 주인공으로 사생관을 표현한 후지에다 시즈
오의『흔구정토欣求浄土』1970는, 개인이 보편적 자연으로 연결되어 가
는 기왕의 문학 전통을 이어간 작품으로 평가할 수 있다. 쇼와 20년
대에는 나카무라 미쓰오, 히라노 겐, 이토 세이 등이 '사소설'의 전근
대성을 조목조목 비판했는데, 이것은 바꿔 말하면 서구 근대의 리얼
리즘으로는 더이상 '사소설' 비판이 불가능해졌음을 의미한다.

전쟁 전부터 긴 호흡으로 작품활동을 이어온 여성 작가들의 활
약도 돋보인다. 엔치 후미코円地文子는 자전적 장편소설『붉은색을
침식하는 것朱を奪ふもの』1956[15]을 비롯해 봉건적 가부장제에 신음하
는 여성의 집념과 복수를 그린『여자 언덕女坂』1949~57[16] 등을 발표했
다. 이들 작품은 왕조 이야기를 떠올리는 요염한 세계로 충만하다.
『색 참회色ざんげ』1933~35[17]와 조루리 세계를 상기시키는『오항おはん』
1947~57[18] 등으로 알려진 우노 지요 또한 독특한 작품세계로 문단의

이야기.

15 양갓집 출신 여성의 성편력을 다룬 소설로, 자전적 경향이 강하다.

16 메이지 초기 지방 고급관리를 지낸 시라카와 유키토모와 폭력적 가부장제로 신음
하는 그의 아내 도모의 이야기. 남편을 하늘로 섬기고 살아온 도모는 자신의 손으
로 첩을 구하고, 처첩동거를 강요하는 남편의 전횡을 모두 견뎌낸다.

17 한 난봉꾼 모더니스트 화가의 여성편력을 그린 소설.

18 아내와 게이샤 사이에서 고뇌하는 남자 이야기.

주목을 받았다. 미야모토 유리코 등과 함께 좌익문학을 이끌어간 사타 이네코는 자신을 둘러싼 정치 상황을 뚫고 작품활동을 이어 갔다.

3. 전쟁의 기억과 지성파의 활동

제2차 세계대전을 배경으로 한 역작 중 하나로, 40여 년에 걸쳐 군대 비판을 전개한 오니시 교진大西巨人의 사상소설『신성 희극神聖喜劇』1958~78을 꼽을 수 있다. 장편소설로는 제2차 세계대전의 격동기를 살아간 지식인을 그린 세리자와 고지로芹沢光治良의『인간의 운명人間の運命』1962~68과 오카 쇼헤이의『레이테 전기レイテ戦記』1971를 들 수 있다. 퇴폐한 세상을 자학적으로 그린『에로 업자들エロ事師たち』1963[19]로 데뷔한 노사카 아키유키野坂昭如는 전후 고아들의 모습을 그린『반딧불이의 묘火垂るの墓』1967로 많은 이들의 눈물샘을 자극했다. 하야시 교코林京子는 나가사키 원폭의 기억을 성실히 담아냈다. 풍화되어 가는 '전쟁'을 잊지 않고 계승해 가는 작업도 이 시기의 중요한 테마 중 하나였다.

19　성이 범람하는 전후 사회를 살아가는 서민의 모습을 사실적으로 그린 소설.

이 외에도 전통적인 서양 지성파, 교양파로 불리던 작가들이 있다. 영문학에 교양이 깊었던 마루야 사이이치丸谷才一, 프랑스 문학 연구자로 활동하면서 장편『회랑에서廻廊にて』1963[20] 등으로 높은 평가를 받은 쓰지 구니오辻邦生 등이 그들이다. 전후『신사조』로 출발해 역사를 소재로 한『명부산수도冥府山水図』1951[21] 등을 집필한 미우라 슈몬三浦朱門은 아쿠타가와 류노스케를 떠올리는 지적 예술 소설가라는 평가를 받았다.『사랑처럼愛のごとく』1964[22]의 야마카와 마사오山川方夫도 전후의『미타문학』을 황금기로 이끌었다.

기타 모리오北杜夫는 제2차 세계대전 독일을 무대로 정신과 의사의 모습을 그린『밤과 안개의 구석에서夜と霧の隅で』1960로 아쿠타가와상을 수상했다. 참고로 그는 사이토 모키치斎藤茂吉의 아들이다. 메이지 시대부터 3대에 이르는 가족의 역사를 그린『니레 가문 사람들楡家の人びと』1959을 발표하는 한편, 유머러스한 에세이 '닥터 개복치どくとるマンボウ' 시리즈로 인기몰이를 했다. 의사이자 프랑스 유학 경험이 있는 쓰지 구니오辻邦生의 영향을 받은 것으로 알려진 가가 오토히코加賀乙彦는『플랑드르의 겨울フランドルの冬』1967[23],『선

---

20 한 여성 화가가 고독과 절망을 이겨내고 성숙해 가는 모습을 그린 소설.

21 빼어난 절경을 자랑하는 중국의 명산을 그리기 위해 고군분투하는 화가 이야기.

22 다른 남자와 결혼한 옛 애인과 육체적 관계를 갖지만 남자의 마음은 고독하기만 하다.

23 프랑스의 한 정신병원에 입원한 사람들의 고독하고 권태로운 일상을 그린 소설.

기타 모리오

고白告』1979[24] 등을 발표했다.

또한, SF 장르에 쓰쓰이 야스타카筒井康隆가 긴 호흡으로 활동을 이어갔고, 호시 신이치星新一도 자신만의 SF 소설을 개척해 갔다. 모두 문명비평적 요소와 난센스를 통해 웃음을 선사한다. 이나가키 다루호稲垣足穂의 전후 작품까지, 이들 작가가 중심이 되어 전위적 풍자문학이라는 독자적 계보를 형성해 갔다.

4. 정치의 계절과 내향의 시대

쇼와 30년대 중반부터 40년대 후반까지는, 미소냉전으로 인한 60년 안보와 70년 안보, 베트남전쟁을 둘러싼 반미운동, 도쿄대

---

24 옥중 사형수가 마음의 평정을 찾고 성숙해 가는 모습을 의사의 시선에서 그리고 있다.

입시 중지[1969]를 정점으로 불거진 학원투쟁 등, 격동의 '정치의 계절'이 도래한다. 60년 안보를 둘러싼 정치운동은 기시 노부스케[岸信介] 내각의 퇴진과 미일안전보장조약의 성립으로 정세가 다시 요동치는 가운데 10년 후의 안보개정을 향해 반미독립을 기치로 내건 혁신운동이 세력을 키워갔다.

미국 유학 경험을 바탕으로 『닥치는 대로 보자[何でも見てやろう]』[1961]에서 독자적인 국제감각을 어필한 오다 마코토[小田実]는 베트남전쟁에 주목한 작가이다. 그는 '베트남에 평화를! 시민연합'을 조직해 사회파 문학의 새로운 흐름을 만들어갔다. 다카하시 가즈미[高橋和巳]는 『비애의 그릇[悲の器]』[1962][25], 『사종문[邪宗門]』[1966][26]에서 사회 윤리와 개인의 에고, 정치적 주체와 개인의 상극을 추구하며, 제1차 전후파의 정당한 계승자 역할을 담당했다. 학원투쟁이 한창이던 1969년에는 교토대학 교수직을 던지면서까지 학생들 편에 섰다. 그로부터 2년 후인 1971년, 병을 얻어 세상을 떠난다. 그의 죽음은 정치와 문학, 사상과 실천이라는 상극을 몸소 체현한 것으로 후대의 모범이 되고 있다.

60년 안보투쟁 이후 분열 모습을 그린 시바타 쇼[柴田翔]의 『그래도

---

25 한 형법학자가 욕정을 참지 못하고 아내와 가정부 사이에서 고뇌하는 이야기.

26 전쟁 전 백만 신도를 자랑하던 가공의 신흥 종교 '히노모토 구령회'가 전쟁에 휘말리면서 겪게 되는 흥망성쇠 이야기.

다카하시 가즈미

우리의 나날『されどわれらが日々─』 1963을 비롯한 마쓰기 노부히코 真継伸彦의 일련의 소설은 '정치의 계절'을 살아가야 했던 작가들의 작품이다. 경제성장이 가져다준 풍요로운 생활과 안정적인 일상은 보수화로 향하게 했고, 문학 또한 개인과 사회에 파고든 속 깊은 질문은 도외시했다. 좌익운동은 오키나와沖繩, 나리타成田 투쟁의 탄압을 계기로 무장투쟁화되는 한편, 신좌익 내분 등으로 지지기반을 잃게 된다. 일본공산당이 당원 작가를 차례차례 제명시켜간 것도 그렇고, 다이쇼 말기 일본 지식인들 사이에 널리 퍼졌던 전위당의 무류無謬 신화, 즉 일본공산당이 '유일한 전위당'이라는 사유체계도 이 무렵부터 무너지기 시작한 것으로 보인다.

쇼와 40년대 중반은 후루이 요시키치古井由吉, 고토 메이세이後藤明生, 구로이 센지黑井千次, 다카이 유이치高井有一, 아베 아키라阿部昭, 오가와 구니오, 사카가미 히로시坂上弘 등 '내향의 세대'로 불리는 작가들이 잇달아 등장했다. 이들은 '정치의 계절'을 지배하는 대문자 슬로건과 외재적인 이항대립을 피하고, 자기 내부로 침잠해 감으로써 현실을 감각적으로 재편해 간 특징을 갖는다. 예컨대, 후루이 요시키치의 『요코杳子』1970[27]는, 여주인공으로 하여금 외계와 자신 사이의 거리를 감지하지 못하고, 외부와 내부의

후루이 요시키치

경계에 드리워진 얇은 막 같은 것을 느끼게 한다. '사회'와 '개인'의 관계를 선험적으로 전제하지 않고, 불확실한 것을 응시하려는 후루이의 노력은 『원진을 짜는 여자들円陣を組む女たち』1969을 비롯한 작품군과 함께 근대소설이 추구한 내면묘사의 정점을 보여준다. 인과율에 따르지 않는 기억을 중시하는 고토 메이세이後藤明生의 『협공挟み撃ち』1973[28], 일상에 떠도는 불안을 응시한 구로이 센지黒井千次의 『잃어버려

---

27 신경병을 앓는 여대생과 우연히 만나 깊은 사랑에 빠져드는 이야기.

28 20년 전 입었던 외투를 찾아 나서면서 지난 과거를 추억하는 이야기.

야 할 날失うべき日』1971[29]과 사카가미 히로시의 『어느 가을에 일어난 일ある秋の出来事』1960, 미묘한 심리묘사를 통해 전후 '가족'의 변화 양상을 그린 아베 아키라阿部昭의 장편 『사령의 휴가司令の休暇』1970 등은 동시대 작가들이 공유하는 문제의식을 잘 보여준다.

5. 여성의 주체성

쇼와 30년대는 여성작가의 활동이 두드러진 시기이기도 하다.

『먼 곳에서 온 손님들遠来の客たち』1954[30]로 데뷔해 『아주 잠시 동안たまゆら』1959으로 이름은 알린 소노 아야코曽野綾子는, 『기노강紀ノ川』1960[31], 『하나오카 세이슈의 아내華岡青洲の妻』1966[32]의 아리요시 사와코有吉佐和子와 함께 '제3의 신인'으로 활발한 활동을 전개한다. 고노 다에코河野多惠子는 성애에 대한 시선이 돋보이는 작품을 주로 써왔다. 전쟁체험을 성적콤플렉스로 녹여낸 『유아 사냥幼児狩り』1961, 근로정신대 여학생 기숙사에 찾아든 길잃은 아이와 여학생들의 이

29　어린 딸의 공갈 젖꼭지를 잃어버려 불안에 휩싸이는 남자의 심리를 묘사한 소설.

30　진주군 병사의 모습을 19세 현지 여성의 시선을 통해 좇는다.

31　메이지, 다이쇼, 쇼와에 걸쳐 와카야마(和歌山)를 살아가는 여성 삼대를 그린 소설.

32　에도시대 말기 전신마취로 외과수술에 성공한 명의 하나오카 세이슈를 모델로 한 소설.

야기를 담은 『담장 안塀の中』, 마조히즘, 사조히즘 심리를 그린 『게蟹』1963 등이 있다. 모리 오가이의 딸로 알려진 모리 마리森茉莉가 『연인들의 숲恋人たちの森』1961[33]으로 데뷔한 것도 이 무렵이다.

이들 여성작가의 후속세대인 세토우치 하루미瀬戸内晴美는 이른바 '소설 쓰는 비구니'로 알려진 조금은 독특한 이력을 가진 작가이다. 1973년에 출가해 세토우치 자쿠초瀬戸内寂聴라는 이름으로 종교 활동가이자 작가로 활동했으며, 2021년 99세의 일기로 세상을 떠나기까지 작가로도 사생활로도 큰 화제를 모았다. 남편과 애인을 거느리고 한집에서 생활하는 여성을 그린 『가노코의 요란かの子撩乱』1965[34]은 기성 도덕의 근간을 흔드는 상상력으로 충만하다. 임신과 출산을 겪으며 요동치는 여성의 심리를 섬세하게 그린 『완구玩具』1965, 부부의 미묘한 신경전을 서정적으로 그린 『땅끝さい果て』1964 등 쓰무라 세쓰코津村節子의 작품도 주목할 만하다.

이 시기의 여성 작가들이 즐겨 사용한 주제는 '출산하는 성'으로서의 여성의 모습이다. 예컨대, 고노 다에코는 '출산 불가능한 성'을 자학적 섹슈얼리티로 승화시켰고, 도미오카 다에코富岡多恵子의 장편 『식물제植物祭』1973와 다카하시 다카코高橋たか子의 『하늘 끝까지空の果てまで』1974는 '모성 혐오'를 주제화했다. 또한, 미에 가즈코

33　살해당한 동성애자와 소년을 둘러싼 이야기. 작가의 화려한 필치가 돋보이는 작품.

34　오카모토 가노코의 자유분방한 삶을 그린 평전.

三枝和子는 단편집 『처형되고 있다処刑が行われている』1969에서 출산을 저주하는 심리를 가감 없이 드러내 보였다. 아이를 갖지 않기로 한 남녀를 시적으로 묘사한 오바 미나코大庭みな子의 『배좀벌레조개ふなくい虫』1969[35] 등의 작품은 그야말로 '모성'과의 투쟁이라고 할 만하다. 뒤이어 데뷔한 쓰시마 유코津島佑子가 『총아寵児』1978[36], 『묵시黙市』1982[37] 등 '사생아'를 출산하는 여성을 테마로 한 작품들을 연이어 내놓았는데, '출산하는 성'의 새로운 타입을 제시한 것으로 많은 기대를 모았다. 쓰시마의 작품세계는 일상적 가족의 모습을 그리고 있는 것처럼 보이지만, 태고의 역사와 통하는 우주론적 세계를 내포하고 있는 특징을 갖는다. '가족'의 허구성, 일상과 비일상의 '꿈'의 변주가 돋보인다. 이러한 작풍은 『밤빛에 이끌려夜の光に追われて』1987 등을 거쳐 『불의 산―야생원숭이 이야기火の山-山猿記』1998라는 대작으로 이어졌다. 쓰시마 유코는 다자이 오사무의 딸로도 알려져 있다.

가나이 미에코金井美恵子의 『물가 없는 바다岸辺のない海』1974[38]는 포스

35　행복한 결혼생활을 하는 친구의 아기를 빼앗는, 질투심과 증오로 가득 찬 여자 이야기.

36　관광지를 배경으로 펼쳐지는 다양한 남녀 군상의 사랑 이야기.

37　이혼 후, 딸과 생활하는 여자의 일상. 상상임신에 빠지는 등 불안하고 초조한 심리를 묘사하고 있다.

38　두 아이를 키우는 미혼모인 '나'가 집 근처 숲에서 고양이를 여러 마리 발견하고, 아이들이 먹이를 주면 그 보답으로 고양이가 아이들의 아버지가 되어 주지 않을까 하는 상상의 나래를 편다. 정서적 결핍감을 이종(異種)의 존재(숲속 생명체)와

트모더니즘 소설로 인기몰이를 했고, 나카자와 게이의 창작집 『바다를 느낄 때海を感じる時』1978 는 60만 부 넘게 팔리며 베스트셀러로 기록되었다. 이로써 여성의 '성'은 질곡과 억압의 대상에서 감각적이고 자유로운 세계로 탈주 가능하게 되었다.

쓰시마 유코

일반적으로 페미니즘의 역사는 중산계급 여성의 정신적 자립과 경제적 자립, 교육·직업의 기회균등, 여성참정권 운동을 중심으로 하는 법적 남녀평등를 요구하는 제1파 페미니즘과, 젠더화 성별화된 문화적·사회적 남녀 차이 및 기존의 성별 역할에 대한 반대, 취업 기회균등, 임금평등, 낙태 합법화 등을 주장하는 제2파 페미니즘, 1990년대의 인종, 민족, 계급을 뛰어넘어 다양한 방면에서 여성의 평등을 주장한 제3차 페미니즘으로 나뉜다. 이렇게 볼 때, 근대 남성 작가들이 즐겨 묘사한 '모성 환상'은 전후 여성 작가들에게는 그야말로 타파해야 할 과제 그 자체였던 것이다.

의 관계 맺기를 통해 해소하려는 시도가 독특하다.

6. 근대소설과 영상문화

일본이 영상문화를 도입한 것은 언제일까? 다이쇼기에 도쿠가와 무세이德川夢声 등이 무성영화사이렌트에 변사의 해설을 곁들여 독자적인 구승口承문화를 만들어간 것이 그 최초라고 할 수 있다. 쇼와기에 접어들면 유성영화토키가 이를 대체하게 된다. 오코우치 덴지로大河内傳次郎 주연의『단게 사젠丹下左膳』, 이치카와 우타에몬市川右太衛門의『재미없는 남자 하타모토旗本退屈男』등이 인기를 얻으며 대중문화의 유행을 이끌어간다. 쇼와 10년대가 되면 다니자키 준이치로의『슌킨 이야기 오고토와 사스케春琴抄 お琴と佐助』1935년 개봉, 요코미쓰 리이치의『가족회의家族会議』1935년 개봉, 야마모토 유조山本有三의『진실일로真実一路』1935년, 37년 개봉를 비롯해 동시대 소설을 영화화한 '문예영화'의 전성기를 맞이한다.『아이젠 가쓰라愛染かつら』가와구치 마쓰타로[川口松太郎] 감독, 1938~39년는 주제곡이 전국민의 사랑을 받으며 인기를 구가한 것도 이 무렵이다.

가와바타 야스나리의『이즈의 무희』와 다니자키 준이치로의『세설』은 여러 차례 영화화되어 꾸준한 인기몰이를 했다. 소설이 명작으로 거듭나기까지 영화는 중요한 역할을 담당하게 된다. 미시마 유키오의 경우, 무려 30여 작품이 영화화되었고, 작가 자신이 영화에 출연하기도 했다.『우국憂国』1966은 미시마가 직접 각본,

영화 〈파도 소리〉 로케이션에 참여한 미시마 유키오(가운데)

연출, 주연까지 맡은 것으로 화제를 모았다.

　작가가 각본을 쓰고, 연출을 맡은 사례는 이보다 더 이른 시기인 1920년에도 있었다. 다니자키 준이치로의 『아마추어 구락부^{マチュア倶楽部}』가 그것인데, 주연을 맡았던 하야마 미치코葉山三千子는 훗날 다니자키의 대표작 중 하나인 『치인의 사랑』^{1924~26}의 모델로 주목받았다. 다니자키에게 있어 영화는 모더니즘 문화 그 자체였으며, 이후의 소설 집필에 커다란 영향을 미쳤다. 이 외에도 가와바타 야스나리, 요코미쓰 리이치, 가타오카 뎃페이片岡鉄兵 등이 신감각파 영화 모임을 결성해 기누가사 데이노스케衣笠貞之助 감독의 『미친 일 페이지狂った一頁』를 탄생시킨 것은 잘 알려져 있다. 플래시 백, 카메라 아이 등의 수법을 소설 속에 도입하는 등 흥미로운 시도가 돋보인다.

전후 아방가르드의 흐름을 보인 작가로는 하나다 기요테루花田清輝, 오카모토 다로岡本太郎, 하니야 유타카, 노마 히로시野間宏, 시이나 린조 등이 있다. 이들은 '밤의 모임', '세기의 모임' 등을 주도했으며, 이를 기반으로 영화감독 데시가와라 히로시勅使河原宏와 공동 제작을 기획하기도 했다. 데시가와라 감독이 아베 고보의 '기록예술 모임'에 참가한 것이 그 직접적 계기가 되었다고 한다. 『모래의 여인』, 『타인의 얼굴他人の顔』, 『불타버린 지도燃えつきた地図』, 이 세 작품이 영화화되었는데, 아베 고보가 직접 각본을 썼을 뿐만 아니라, 데시가와라 감독과의 콜라보레이션을 의식해 컷백연속된 장면 가운데 갑자기 다른 장면이 나왔다가 다시 원래의 장면으로 돌아가는 영화 편집 기법 등의 기법을 소설 집필 단계에서부터 도입했다고 한다.

영화와 함께 쇼와 30년대 중반부터 폭발적으로 늘어난 텔레비전 또한 소설의 대중화에 영향을 미쳤다. 마쓰모토 세이초, 시바 료타로 등이 국민작가로 성장하게 된 배경에는 텔레비전 드라마가 중요한 역할을 했으며, 무코다 구니코向田邦子의 인기 역시 마찬

가지다. 뒤이은 게임, 만화, 애니메이션 등의 인기와 맞물려 미디어믹스 경향은 한층 더 가속화되었고, 영상문화와 소설 장르의 사이좋은 동행은 계속되었다. 판화가 이케다 마스오池田満寿夫가 『에게해에 바친다エーゲ海に捧ぐ』1977[39]로 아쿠타가와상을 수상하고, 감독으로 나서서 영화화한 것은 멀티미디어 시대의 도래를 상징하는 일이기도 했다. 참고로, 이케다는 미국에 장기체류하면서 같은 작품을 영화화한 바 있다.

7. '일본'이라는 개념

고도경제성장기를 맞이한 전후의 문학은, 세계동시성과 함께 일본 토착적 풍토가 근대주의의 안티테제로 재심되는 역사이기도 했다.

신슈信州의 한 시골을 무대로 우바스테 전설姨捨伝説 : 고령의 노부모를 산에 버리는 풍습을 다룬 후카자와 시치로深沢七郎의 『나라야마부시코楢山節考』1956[40]는 근대 휴머니즘과 거리가 먼, 토착 논리에 기대어 살아가는

---

39   로마에서 그림 공부를 하는 니코스의 애욕의 나날을 그린 소설. 에로틱 소설로 당시 큰 반향을 일으켰다.

40   우바스테 전설을 직접 행동으로 옮긴 어머니와 아들 이야기.

사람들을 묘사해 큰 반향을 일으켰다. 『후에후키강笛吹川』1958[41]도 주목받았으나, 뒤이어 발표한 『풍류몽담風流夢譚』1960[42]이 좌익 혐의에 걸리면서 당분간 작품활동을 접어야 했다. 나가사키長崎 광산을 무대로 한 이노우에 미쓰하루井上光晴의 『허구의 크레인虛構のクレーン』1958~59[43], 광활한 홋카이도를 배경으로 한 하라다 야스코原田康子의 장편소설 『만가挽歌』1955~56가 영화화되어 큰 인기를 끌었다.

나카가미 겐지中上健次는 『곶岬』1975, 『고목탄枯木灘』1977, 『천년의 유락千年の愉楽』1977 등의 작품에서 '골목路地'이라는 상징적인 장소를 통해 혈연, 지연의 갈등을 반복해서 형상화했다. 또한, 피차별부락, 재일조선인 등의 차별문제에도 관심을 기울였다. 『고목탄』의 주인공 다케하라 아키유키는 아버지에 대한 애증, 아버지가 다른 형

---

41 후에후키 강가에 터전을 잡고 살아가는 농민들의 삶을 그린 소설.

42 [옮긴이] 1960년, 잡지 『중앙공론』에 발표한 소설. 소설은 주인공이 어느 날 밤 꾼 꿈으로 시작된다. 도쿄에서 폭동이 일어나 황궁이 점령되고, 황태자와 황태자비 (아키히토와 미치코)가 목이 잘린 채 숨겨있고, 천황 부부(히로히토 당시 천황 부부)의 목 없는 시체가 땅바닥에 뒹굴고 있는 꿈. 이 소설은 천황을 신처럼 모시는 우익들을 크게 격분시켰고, 이듬해에 우익 소년이 중앙공론사 사장 자택을 습격해 가정부를 칼로 찔러 살해하고 사장 부인에게 중상을 입히는 비극을 불러왔다. 이른바 '풍류몽담 사건'이다. 이후 일본 언론은 천황 보도에 대한 자율 규제를 관례화하는 태도를 취하고 있다. 61년 2월 잡지 『문학계』에 연재되었던 오에 겐자부로의 『세븐틴』 제2부 「정치 소년 죽다(政治少年死す)」는 이 사건을 그렸는데, 그 이유로 단행본에 수록되지 못했다.

43 나가사키 원폭, 조선인 강제노동을 다룬 장편소설.

의 자살, 배다른 여동생과 정을
통하는 등 평범한 삶에서 한참
벗어나 있다. 다음은 『고목탄』
의 한 장면이다.

나카가미 겐지

　아키유키는 바다로 뛰어들
었다.
　바다는 아키유키를 감쌌다.
아키유키는 먼 바다로 향했다.
파도가 몰려왔다. 아키유키는
몰려오는 파도를 입을 벌려 들
이켰다. 자신이 소금과 반짝이는 바다와 하나가 되는 기분을 느꼈다.
하늘에서 쏟아져 내리는 햇살은 투명했다. 맑고 깨끗했다. 녹아드는
듯했다. 자신은 모든 씨에서 자유로우며, 자신의 씨를 만들고 싶지도
않다. 모두 갈기갈기 찢겨 이 순간의 바다처럼 살고 싶다. 투명한 햇살
처럼 살고 싶다.

　오늘날 우리가 말하는 '일본'이라는 개념은 메이지 이래 근대
국민국가에 기반해 형성된 것이다. '단일민족국가'라는 '환상'을
상대화하기 위해서는 근대 국민국가가 억압해온 마이너리티에 대

한 사유는 피해갈 수 없다. 전후의 '재일在日' 문학은 이에 중요한 시사점을 던져준다. 쇼와 10년대 일본 문단에서 중견작가로 활약한 재일 작가로는 김사량金史良, 장혁주張赫宙 등이 있다. 한편, 조국한반도에서는 일본어를 강제당하고, 전후에는 '친일작가'라는 혐의로 비판받아야 했던 작가들도 있었다.

'재일' 제1세대에 해당하는 이광수, 김동인 등은 전쟁 전 일본 유학을 경험한 작가이자 이중언어 사용자이다. 일본에 터를 잡고 생활하며, 자유로운 일본어 표현을 마음껏 발휘한 작품으로 장혁주의 『현해탄玄界灘』1952~53[44]을 꼽을 수 있다. 제2세대 작가로는 아쿠타가와상을 수상한 이회성李恢成, 한반도를 무대로 한 김석범金石範의 장편소설 『화산도火山島』1977~97[45] 등은 차별과 맞서 싸우며 '일본'을 상대화하는 시점을 확보한 작품들이다. 이양지李良枝 등 제3세대는 전후에 태어나 성장했으며, 일본어가 모어이고, 한국어는 따로 배워야만 말할 줄 알고 쓸 줄 아는 세대에 속한다. '일본'을 제로베이스에서 상대화하며 민족 정체성에 대해 고민하는 모습을 보인다.

이들 재일 작가는 내부의 '타자'와 어떻게 만날 수 있을까를 고민하고, 내셔널리티의 허구성을 어떻게 드러낼 수 있을까를 고민

---

44 식민지 지배하에서 일본어 사용과 창씨개명을 강제당한 조선인들을 그린 소설.

45 1948년 제주 4·3사건(양민학살사건)을 다룬 소설.

1967년 7월 21일, 아쿠타가와상 수상 소식에 환호하는 가족과 지인들
(전화 받는 이가 오시로)

오시로 다쓰히로 만년 모습

하고 이를 작품 테마로 삼았다. 오시로 다쓰히로^{大城立裕}의 아쿠타
가와상 수상작 『칵테일 파티^{カクテル·パーティー}』1967[46]를 비롯한 '오키
나와 문학'이 중요하게 자리매김되는 것도 같은 이유에서다.

　　동아시아의 시점에서 단일민족국가 환상을 상대화하는 움직임
도 최근 활발해지고 있다. 아마미오시마^{奄美大島} 출신 여성과 결혼해
그곳에 살면서 '야포네시아^{ヤポネシア}'<sub>일본열도가 류큐호를 비롯한 열도와 연결되어있다
고 보는 관점</sub>라는 관점을 도출한 시마오 도시오는 매우 이른 시기에 그

---

[46]　일본과 미국의 대립 구도 위에 오키나와와 중국을 대치시킴으로써 전후 위기에
　　빠진 오키나와인의 아이덴티티를 효과적으로 보여주고 있다. 오키나와에 첫 아쿠
　　타가와상을 안겨준 작품이기도 하다.

것을 인식한 작가이다. 다만, 아이누ｱｲﾇ 문제를 포함해 마이너리티에 대한 문제의식은 자칫 잘못하면 머저리티를 강화하는 역설로 빠질 수 있어 주의를 요한다. '내부의 타자'라는 시점을 통해 끊임없이 내셔널 아이덴티티를 비판적으로 상대화해 가는 유연한 지성이 요청된다.

8. 원리원칙의 탈구축과 포스트모던

다른 한편에서는, 70년대 안보, 학원투쟁 등 래디컬한 정치상황에 대해 염증을 느끼는 분위기가 자리했다. 예컨대, 쇼지 가오루庄司薫가 『빨간 두건 아가씨 조심해!赤頭巾ちゃん気をつけて!』1969에서 지적 요설을 피로했는데, 이것이 모든 원리원칙에 대한 불신이라는 구체적인 형태로 드러나는 것은 쇼와 50년대1975~84이다. 그런 의미에서 개인의 '내면'으로 파고 들어가기보다 영상 안에 모든 것을 녹여버린 무라카미 류村上龍의 『한없이 투명에 가까운 블루限りなく透明に近いブルー』1976[47]가 아쿠타가와상을 거머쥐며 베스트셀러가 된 것은 상징하는 바가 크다. 미타 마사히로三田誠広의 『나는 누구僕って何』

47　무라카미 류의 데뷔작. 1960~70년대 초, 미군 기지촌을 무대로 광란의 젊은이들을 그린 작품이다.

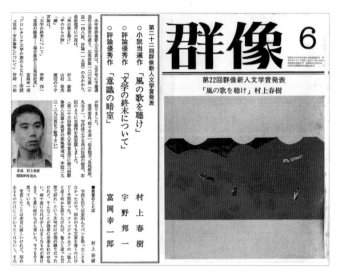

무라카미 하루키의 데뷔작 『바람의 노래를 들어라』(『군조(群像)』, 1979.6)

1977는, 섹트 간 갈등이 첨예한 시기에 뒤늦게 학생운동에 뛰어든 대학생을 주인공으로 하여 주체적이지 못하고 나이브한 동시대 청년의 모습을 재현해 보였다.

이러한 흐름 속에서 무라카미 하루키村上春樹가 등장한다. 그는 국가와 개인, 정치와 문학, 자아, 토속적 풍토 등 그간 근대문학이 추구해온 테마를 크게 바꾸었다는 평가를 받는다. 『바람의 노래를 들어라風の歌を聴け』1979, 『1973년의 핀볼1973年のピンボール』1980, 『양을 둘러싼 모험羊をめぐる冒險』1983, 이 3부작은 모두 '나'와 친구 '쥐'와의 대화로 이루어져 있다. 이 '나'와 '쥐'는 같은 전공투 세대이며, 기동대와 맞서 싸운 경험을 갖는다. 그러나 현실에서는 소외감을 느끼

는 존재로 그려지며, 주체성을 가진 내면을 애써 우회하는 방식을 취하고 있다. 다음은 무라카미 하루키의 단편 『반딧불이蛍』1983의 한 장면이다.

우리는 어떤 목적이 있어서 요쓰야에 온 건 아니었다. 나와 그녀는 주오선 전철 안에서 우연히 만났다. 나도 그녀도 별다른 계획은 없었다. 그녀가 내리자고 해서 우리는 전철에서 내렸다. 어쩌다 보니 요쓰야 역이었다. 단둘이 있고 보니 딱히 할 얘기가 없었다. 그녀가 왜 내게 전철에서 내리자고 했는지 알 수 없었다. 할 얘기는 처음부터 없었던 것이다.

한마디로 표현하면 '인과관계가 없는 세계'이다. 초기의 무라카미 소설은 필연적 인과관계를 수반하는 인물들에 의해 움직이는 '근대소설'에 대한 안티테제로 읽을 수 있다. "어쩌다 보니 요쓰야 역이었다"라는 표현에서 보듯, 장소의 익명성과 보편성은 그의 문학을 규정짓는 특징이기도 하다. 아울러 무라카미 문학이 세계로 발신해갈 수 있었던 요소 중 하나이기도 하다.

근대 일본문학의 성립

1. 개념의 모호함

'근대일본' 이라는 개념

우선 '근대 일본문학'을 '근대'와 '일본'과 '문학'이라는 세 개의 개념으로 나누어 생각해 보자. 실은 이것이 의미하는 바는 생각처럼 자명한 것은 아니다. 모두 일종의 '애매함'을 내포하고 있다.

'근대'라는 개념에 앞서 '근대' 문학이라는 범주조차 어디에서부터 어디까지인지 그 기준이 모호하다. 메이지 원년이라는 구분은 단순한 정치적, 행정적 의미에 지나지 않는다. 그렇다면 문학의 '근대'는 어디에서부터 시작되었을까? 이에 대해서는 의견이 분분하다. 서구 문명에서 기원을 찾는다면 페리 흑선의 내항[1853]이 출발점이 될 것이고, 그 무렵 대중들의 사랑을 받았던 교카狂歌는 '근대' 문학 안에 포함될 것이다. 문예사조에 입각한 사실주의를 중시한다면 쓰보우치 쇼요의 『소설신수』[1885~86]에서 기원을 찾아야 한다. 이 두 시기 사이에 30년이라는 격차가 자리한다. 또 언제까지가 '근대'이고, '현대'인지, 그 경계를 둘러싸고도 하나의 의견으로 수렴되지 않는다. 이를테면, 관동대지진 이후라거나 제2차 세계대전 이후, 혹은 무라카미 하루키의 등장 이후 등등.

다음으로 '일본'이라는 개념인데, 이 또한 근대 국민국가를 기반으로 형성된 것이다. 에도시대 서민들의 국체 관념 역시 지금의 잣대와는 크게 다를 것이다. 메이지 이후의 기준으로 메이지를 재단한다면, 근대인의 입맛에 맞는 '근대'만 보게 될 것이다. 예컨대, 식민지 지배하에서 일본어를 강제당하거나 '내지內地' 문단에서 활동한 중국, 타이완, 조선한반도 문학자들의 작품을 '일본문학' 범주로 수렴해 버리면 과거의 국가관을 그대로 재생산하는 범죄를 저지르게 될 것이다. 거꾸로 유아사 가쓰에湯淺克衞처럼 조선에서 일본으로 건너와 이질적 타자와 만나면서 국가관의 붕괴를 경험하기도 한다. 재일 3세 이양지는 일본 국적으로 아쿠타가와상을 수상했고, 한국에서도 활동했다. 리비 히데오リービ·英雄처럼 일본어를 습득해 일본어로 작품활동을 하거나, 다와다 요코多和田葉子처럼 독일에 머물면서 일본어와 독일어, 양국어로 작품활동을 하는 경우도 있다. '일본인이 일본어로 쓴 문학'이라는 단순한 정의는 자칫 일국사一國史적 관점에 매몰될 우려가 있다. 언어란 본래 월경하는 성격을 갖는다. 경계영역의 양의성, 유동성 안에서 기왕의 내셔널리티를 상대화하는 시선이 요청되는 이유다.

'문학'이라는 개념

'문학'이라는 개념은 어떨
까. 대학 문학부의 대대적인 개
편과 '순문학'의 인기가 시들
해진 것과 맞물려 '문학'의 쇠
퇴가 가시화되고 있는 듯 보인
다. 그러나 역사를 거슬러 가
보면, 이 개념은 늘 변화를 거
듭해 왔고, 지금 상황 역시 과

다니자키 준이치로 문학상 수상식에서 다와다 요코(2003)

도기에 불과하다. '문학'이라는 용어를 『논어』^{선진편}로 거슬러 올라가
살펴보면, 문자로 이루어진 학문 전반을 가리키는 개념이었다. 이
것이 육조시대에 '학문'과 '문장', '문체'의 의미로 나뉘었고 그것이
일본으로 전파되었다. 에도시대에 이르기까지 정통 '문학'이라 함
은 사서오경을 중심으로 한 유학, 사전, 한시 등을 의미했고, 교카,
게사쿠와는 다르게 취급되었다. 그런 의미에서 메이지 초기의 후쿠
자와 유키치 등 메이로쿠샤 동인들의 계몽운동은 틀림없는 '문학'
이었다. 그것은 구세제민사상이라는 정치적 요청에 부응하는 형태
였다. 이후 서구 낭만주의 문학이 흘러들어와 근대 개인주의, 비공

리주의 정신세계를 높이 평가하는 움직임이 일었고, 메이지 후반에 이르면, 리터러처literature의 번역어가 정착하면서 협의의 의미로 사용되었다. 그것은 예술로서의 특권과 맞바꾼, 본래의 광범위한 학제성을 상실해 가는 역사이기도 했다.

서로 보완하고 밀어주는 구조

지금까지 '근대'와 '일본'과 '문학'이라는 세 개의 개념이 얼마나 부정교합을 이루고 있는지 알아보았다. 그럼에도 불구하고 '근대 일본문학'이라는 확고한 영역이 이미 존재하고 있다는 '착각'은 어째서 계속되고 있는 것일까? 이 문제는 다음 세 가지 층위의 사유를 요한다. 첫째, 창작하는 쪽, 즉 '문단'이 역사적으로 어떻게 형성되어 갔는가 하는 문제, 둘째, 독자와 문예비평가, 나아가 이들을 지탱하는 상업출판기구가 이를 어떻게 제도화해 갔는가 하는 문제, 셋째, 학술로서의 문학연구가 이것을 어떻게 연구대상으로 삼아왔는가 하는 문제가 그것이다. 모든 권위가 중심의 '공백'을 담보로 해 이들을 보완하는 이중삼중의 조작을 통해 형성되는 것처럼, 제도로서의 '일본 근대문학' 역시 위의 세 가지 요소가 서로 보완해 가며 사후적으로 형성된 것이라고 할 수 있다.

2. '문단'의 허구성

저널리즘과 문학

우선, '문단'이라는 이름의 공동체에 접근해 보자.

근대 일본문학에 있어 '문단'의 형성 역시 시차를 두고 세 단계의 과정을 거친다. 첫째, 문학자가 저널리스트라는 직업과 불가분의 관계를 맺으며 창작활동을 수행하는 단계, 둘째, 자연발생적인 친목그룹이 형성되어 가는 단계, 셋째, 명확한 문학관의 차이를 의식한 그룹이 '대립'을 이루는 단계이다.

메이지 초기의 문학은 후쿠자와 유키치 등 메이로쿠샤 동인들의 '위로부터'의 계몽활동과, 가나가키 로분 등 막말 게사쿠 작가들의 '아래로부터'의 활동을 통해 전개되었다. 게사쿠 작가들은 정부의 언론통제로 한때 기운이 약해졌지만, 신문이라는 새로운 미디어가 결절점이 되어 메이지 10년대에 다시 불타올랐다. 다른 한편에서는, 자유민권운동사상을 계몽하려는 목적으로 쓰인 '정치소설'이 전성기를 맞았고, 이들은 자유당 계열과 개진당 계열의 미디어에 의해 양분되었다.

1890년메이지 23 「국회개설의 조国会開設の詔」를 계기로 운동은 시들해지는데, 도쿠토미 소호 등 국수주의, 리버럴 개화파를 표방한 민유샤의 『국민의 벗』과, 시가 시게타카, 미야케 세쓰레이, 스기우라

『국민의 벗』 창간호, 1887.2

주고 杉浦重剛 등 국수주의를 표방하는 세이쿄샤의 『일본인』으로 크게 두 부류로 나눌 수 있다. 『국민의 벗』과 함께 기독교 계몽주의를 표방한 이와모토 요시하루 등은 『여학잡지』를 간행했다. 이 잡지를 통해 기타무라 도코쿠가 데뷔했고, 세이쿄샤는 마사오카 시키를 배출했다. 메이지 시대 문학자들은 창작만으로는 먹고 살기 힘들었기 때문에 신문기자 등 저널리스트 활동을 병행해야만 했다.

문학 단체의 형성

친분 있는 몇몇 문학자들이 놀이 삼아 만든 겐유샤는 일본 최초의 문학 단체로 알려져 있다. 1885년메이지 18 당시 대학 예비문에 재학 중이던 오자키 고요가 주축이 되고 야마다 비묘, 이시바시 시안 등이 함께했다. 동인지 『가라쿠타 문고』는 큰 인기를 끌며 상업지로 성장했고, 이것이 기폭제가 되어 '메이지 문단'이 형성되었다. 고요와 결별한 야마다 비묘가 잡지 『도시의 꽃』을 거점으로 활동을 전개했고, 겐유샤는 요시오카쇼텐吉岡書店에서 총서『신저백종新著百種』을 간행하는 한편,『요미우리신문』문예란을 기반으로 세력을 한층 더 확장해 갔다.

오자키 고요는 많은 문하생을 거느렸는데, 이즈미 교카, 오구리 후요, 도쿠다 슈세이 등이 그들이다. 이들은 문학 사상이나 주의를 같이한다기보다 스승과 제자라는 전근대적 관계에 충실했다. 다른 한편에서는, 모리 오가이가 제자 미키 다케지三木竹二와 함께 잡지『시가라미조시しがらみ草紙』를 간행해 독자적 행보를 이어가고 있었다. 오자키 고요와 나란히 거론되던 고다 로한은 네기시당根岸党이라는 취미 지향적인 문학 그룹에 몸담고 있었다. 나아가『소설신수』로 오피니언리더 위치에 섰던 쓰보우치 쇼요는『와세다문학』을 거점으로 그룹을 형성했다. 이렇듯 메이지 20년대는 개인적 친분이 있는 이들이 모여 온화한 인적 네트워크를 형성했다.

그런 가운데 시마자키 도손, 기타무라 도코쿠 등이 이와모토 요시하루 계열에서 나와 낭만주의 잡지『문학계』를 창간[1893]하고, 마사오카 시키가 단카 하이쿠 혁신운동을 일으킬 무렵부터 인적 네트워크는 점차 주의주장을 전면에 내건 유파로 그 성격이 변화해 갔다.

다양한 유파들

『와세다문학』을 중심으로 자연주의 진영이 형성되면서 문단은 바야흐로 유파 중심으로 움직이게 된다. 제2차 『와세다문학』1906을 비롯해 『태양』, 『요미우리신문』, 『문장세계』를 무대로 다야마 가타이, 시마무라 호게쓰, 도쿠다 슈세이, 소마 교후相馬御風, 이와노 호메이 등이 두각을 나타냈다. 이들은 무이상·무해결·무조건 등 명확한 주의주장과 이론으로 무장하고 동시대 문단을 이끌어 갔다.

여기에 반발하는 움직임도 나타났는데, 다카하마 교시 등이 중심이 된 『호토토기스』의 사생파가 대립각을 세웠다. 『호토토기스』를 통해 데뷔한 나쓰메 소세키 또한 반자연주의를 표명했다. 이러한 입장표명은 아사히신문사에 입사하는 계기가 되었다. 『아사히신문』 문예란은 『요미우리신문』과 결을 달리하며 반자연주의를 지향했기 때문이다.

자연주의의 전성기는 그리 길게 가지 않았다. 1910년메이지 43부터 자연주의에 반발하는 신세대 문학자들이 속속 새로운 유파를 만들어 갔다. 1907년, 서양화가 이시이 하쿠테이石井柏亭 등이 미술잡지 『방촌』을 창간하고, 여기에 기노시타 모쿠타로木下杢太郎, 기타하라 하쿠슈北原白秋 등이 참여했다. 모쿠타로의 제안으로 이듬해 '판의 모임パンの会'을 결성했다. 판Pan은 그리스 신화 목양신에서 따온 것이며, 파리 센강 변에서 일었던 살롱 문화를 떠올리며 스미

다 강변에 있는 음식점에서 모임을 가졌다고 한다. 그리고『명성』의 후속지『스바루』를 간행해 반자연주의의 거점을 만들었다. 이 잡지는 탐미파의 활동무대가 되었다.

문인들의 모임은 시기를 조금 더 위로 거슬러 올라가면, 구니키다 돗포, 다야마 가타이, 야나기타 구니오柳田国男 등이 도쿄 아자부麻布의 한 서양요리점에 모여 '류도카이龍土会'를 열었던 것을 들 수 있다. 이처럼 뜻을 같이하는 문인들이 적극적으로 교류의 장을 만들어가기 시작한 것은 메이지 30년대 후반부터였다. 탐미파와 마찬가지로 반자연주의 입장에 섰던 무샤노코지 사네아쓰, 시가 나오야 등 가쿠슈인대학 학생들은『시라카바』를 간행했고, 아쿠타가와 류노스케, 구메 마사오, 기쿠치 간 등 도쿄제국대학 학생들은 소세키의 비호 아래 제4차『신사조』를 창간했다.

'근대문학'의 황금기

와세다대학의 자연주의와 게이오대학의 탐미주의나가이 가후가 교수로 부임해『미타문학』을 주재함, 이상주의를 내건 가쿠슈인대학의 시라카바파, 이지주의를 표방한 도쿄제국대학의 신사조파 등, 당시 젊은이들은 문학관의 차이를 분명히 하며 '근대문학'의 황금기를 형성해 갔다. 메이지 40년1907 전후부터 다이쇼 중반까지, 오늘날 근대문학을 대표하는 작품들 상당수가 이 무렵에 간행된 것은 결코 우연이 아니다. 중요한 것은 작품 간행을 위해 스스로 발표 무대를 만들었다는 사실이다. 문단이 만들어지고 소설이 탄생한 것이 아니라, 독자들에게 자신들의 모임을 어필하기 위해 '문단'을 만들고 소설을 집필하는 형태였다. 대부분이 자연발생적으로 형성되었다고 할 수 있는데, 작가와 독자 간의 공동환상을 만들기 위한 장치로도 기능했다.

출판문화의 경우는, 메이지기 화장和裝 판본에서 양장 활자본으로 변화함에 따라 출판 부수가 한 단계 증가하게 된다. 얼굴 없는 불특정다수의 독자층을 어떻게 확보하느냐가 중요한 관건이 되었다. 그 결과, 상업 저널리즘 주도하에 이른바 '작가'의 권위를 추구해 가는데, 요컨대 그 대단한 소세키가 쓴 작품이라든가, 그 대단한 오가이가 쓴 작품이라고 치켜세우며 이후의 문단을 형성해 간다.

연출된 '문단'

문학자가 작은 문단을 만들고 그 안에 틀어박혀 지내다 보니, 서로의 생활을 글을 통해 공유하는 이른바 '사소설'이 유행하게 되었다고들 말한다. 그런데 실은 아마도 그 반대가 아닐까 한다. 그들은 불특정 다수의 독자들에게 자신을 어필하기 위해, '작가'의 특권을 드러내기 위해 의도적으로 좁은 사회로 침잠해 들어가 이를 소설화한 것으로 볼 수 있다. 이 무렵, 하쿠분칸博文館의 『문예구락부』, 『문장세계』, 슌요도의 『신소설』 등이 전국 서점에 진열되며 상업 문예지가 안정된 판매 부수를 올리고 있었다. 문학자의 중요한 발표의 장이 되었던 『중앙공론』, 『개조』 역시 전성기에는 5만 부를 넘는 판매 부수를 자랑했다. 신문 지면의 문예시평란도 활성화되어 있어 작가들이 사회로부터 고립되었던 것은 결코 아니다. 불특정다수의 독자를 염두에 둔 문인들의 연기동인지 교우 관계 등가 없었다면 동시대 '문단'은 밋밋하고 재미없었을 것이다.

아쿠타가와 류노스케가 「다이쇼 8년의 문예계」『마이니치 연감 다이쇼 9년 판』, 마이니치신문사, 1919라는 제목의 글에서, 지금까지 기술한 유파를 거의 정확하게 간파해 정리해 놓았는데, 알고 보면 주객이 전도된 이야기이다. 말하자면 동시대 문단을 돌아보며 사후적으로 정리한 것이 아니라, 동시대인들이 자신들의 틀로 이미 만들어 놓은 것을 아쿠타가와가 그대로 받아 적은 셈이다. 따라서 그들이 만들어 놓은 '문단'을 그대로 추수할 것이 아니라, 그들이 어떤 '연기'를 '왜' 했는지까지 시야에 넣을 필요가 있다.

3. 출판업계의 성장

'엔폰'의 역할

이러한 '문단'을 상업자본이 뒷받침해 주었던 정황도 보인다.

일본의 '근대문학'을 문화유산으로 바라보기 시작한 것은 관동대지진 이후, 이른바 '엔폰' 시대 이후의 일이다. 잘 알려진 것처럼 엔폰이란, 대량생산, 염가판매를 서적출판에 적용해 한 권에 일 엔이라는 파격적인 가격으로 판매한 것을 말한다. 근대문학 명저를 전집으로 기획하고, 예약 판매를 실시하기도 했다. 가이조샤改造社가 1926년다이쇼 15 기획한 『현대 일본문학전집』이 그 첫 테이프를 끊으며 35만 부가 팔리는 기록을 세웠다. 예약금을 받고 마지막 권이 나올 때 돌려주는 방식으로, 지진 여파로 인한 출판계 불황을 현명하게 타개해 갔다. 여기에 자극을 받은 슌요도가 『메이지 다이쇼문학전집』 전 50권1972~을, 신초샤는 『현대 장편소설전집』 전 24권1928을 간행하는 등 이른바 '엔폰 전쟁'에 불이 붙었다.

가이조샤의 『현대 일본문학전집』 전 37권의 구성을 보면, 쓰보우치 쇼요, 모리 오가이, 도쿠토미 소호 등 주요 작가에게는 한 권을 할애하고, 히로쓰 류로, 가와카미 비잔, 사이토 료쿠斎藤緑雨의 경우, 세 명을 한 권에 배치하는 등 유명세에 따른 구분이 눈에 띈다. 여기에 25권을 추가해 증보판을 간행하는데, 여기에도 작가 간 네

임벨류가 작동했다. 또한, '신흥예술파', '프롤레타리아 문학' 등을 제목으로 삼은 권도 있는데, 이는 동시대 문인들이 형성한 '문단' 지형을 공식화한 것에 다름 아니다. 이들 전집은 '현대문학의 일 대 조감도'라는 선전 문구를 달고 전국 가가호호로 뻗어 나갔다.

제도로서의 문학전집

'엔폰'은 '엔타쿠円タク'시내 택시요금을 1엔으로 통일한 것 시대의 산물은 아니 다. 동시대 문학을 '문화유산'으로 만들어가는 데 '문학전집'이 담 당한 역할은 매우 크다. 예컨대, 전시기에 간행된 신초샤의 『쇼와 명작선집』전 30권1939~43이 아담한 사이즈와 저렴한 가격으로 권별 로 약 3만 부가 팔려나갔다. 전후 중소 출판사가 우후죽순처럼 생 겨나면서 문학 간행 붐이 한 차례 지나간 후, 1950년 무렵에 심각 한 출판불황이 찾아오기도 했지만, 쇼와 30년대부터 40년대의 고 도경제성장기와 맞물려 문학 출판의 황금기를 맞이한다.

4. '연구' 대상으로서의 근대문학

'연구'의 대상으로 '근대 일본문학'이 어떻게 제도화되었는지 살펴보자.

앞서 기술한 것처럼, 1960~70년대의 '문학 붐'에는 대학의 '문학부'가 자리한다. 일본문학은 대개 다섯 시기로 구분하며, 졸업논문 테마의 반 이상이 근대문학이 점하고 있다. 교수 충원율도 근대 분야가 가장 많다. 『국문학－해석과 감상国文学－解釈と鑑賞』지문당[至文堂], 1936~, 『국문학－해석과 교재 연구国文学－解釈と教材の研究』학등사[學燈社], 1928 등은 매호마다 근대 작가를 특집으로 내걸었고, 그 선정 기준은 대학 졸업논문 주제별 랭킹 순이었다. 참고문헌을 비롯해 관련 연구에 필요한 사항이 잘 정리되어 있다. 국회도서관은 졸업논문을 작성하기 위해 몰려든 학생들로 발 디딜 틈이 없었다. 졸업논문이라는 제도가 '근대 일본문학'을 형성하는 데 결정적인 역할을 담당한 것은 분명해 보인다.

그런데 학령인구 감소에 따른 대학 진학률의 감소, 인문학 재편 분위기 등이 맞물려 상업성을 동반한 '근대문학 연구'는 급속하게 쇠퇴했다. 『국문학－해석과 교재 연구』~2009와 『국문학－해석과 감상』~2011이 연이어 폐간한 것도 그 때문이다.

그런데 대학 상황이나 상업성을 동반한 연구는 학문이 담당해야 할 역할과 구분되어야 한다. 그 둘을 혼동해서는 안 된다. '문단'이든 '엔폰'이든 '졸업논문'이든 개별 사안에 파고 들어가 시대를 초월한 질문을 던져야 한다.

'근대', '일본', '문학' 역시 모두 부정형의 유동을 반복해 왔으며,

명확한 것은 하나도 없다. 이러한 혼돈 속에서 '근대 일본문학'은 '문단'과 '문학전집'과 '연구'가 서로를 보완하며 하나의 세계를 구축해 왔다. 그 구축 과정을 '언어', '인간', '상황'과 유기적으로 연결하는 복안적 시선이 필요할 것이다.

지금으로부터 25년 전, 전임으로 부임해 처음 받은 과목이 '근대문학입문'이었다. 교양과목이어서 이공계 학생들을 포함해 매주 2백 명에 가까운 학생들 앞에서 마이크를 들고 강의했었다. 근대문학 100년의 역사를 알기 쉽게 설명해야 하는 것은 초임 교수에게는 쉽지 않은 일이었다. 근대문학 전반을 다루기보다 어떤 날은 히구치 이치요, 그 다음 주는 구니키다 돗포와 같은 식으로 수업을 진행했다. 실로 오랜만에 전집을 손에 들고 밤새는 줄 모르고 읽다가 다음 날 피곤에 찌든 모습으로 강의를 했던 기억이 새롭다. 교단에 설 때 가장 열심히 공부했던 것 같다.

7년을 그렇게 지내다가 대학원 중점 대학으로 자리를 옮기게 되면서 대형 강의는 맡지 않게 되었다. 대학원생들이 선택한 테마는 실로 다양해서 그들로부터 배우는 것도 많았다. 이런저런 코멘트를 해야 하는 상황에서 '근대문학입문' 같은 강의 경험이 큰 도움이 되었다. 이 작가만의 특징이라기보다 A라는 작가나 B라는 작가에게서도 찾아볼 수 있지 않을까, 라는 식으로 지도 학생들을 곤혹스럽게 만들곤 했다.

그런 외중에 방송대학의 '근대 일본문학'이라는 과목을 맡아달라는 의뢰를 받았다. 대학 1, 2학년을 대상으로 한 교양과목이라고 했다. 대학원에 진학해 전공을 선택할 때 도움이 될 수 있도록 근대문학 전반을 다뤄달라는 부탁도 함께였다. 그렇게 해서 2백 페이지가 넘는 교재를 쓰게 되었다. 이것은 나에게 매우 신선한 즐거움을 안겨 주었다. 이 책은 그 개정판이다.

무릇 입문이나 개설을 요하는 과목이 가장 까다롭고 어려운 법이다. 자칫 무미건조한 강의로 빠지기 쉬우니 경험이 풍부한 교수가 담당해야 한다. 최근 '근대문학사'라는 이름을 내건 강좌가 점차 그 모습을 감추고 있는데, 이 책이 그러한 분위기에 제동을 거는 계기가 되기를 바란다.

문학사는 이른바 지혜의 샘과 같은 것이어서 어떤 작가를 다루든, 그로부터 받는 영감이 적지 않다. 작품 하나하나마다 표현이 다르며 저마다 특수한 개성이 깃들어 있다. 그것을 일회성으로 끝나는 표현이라고 할 때, 그 일회성은 문학의 매력을 상승시키는 요소일 터다. 아마도 질리지 않는 문학의 매력이 그 안에 숨겨져 있을 것이다.

끝으로 이 책이 나오기까지 중앙공론신사 편집위원 요코테 다쿠지 씨에게 많은 신세를 졌다. 이 자리를 빌려 감사의 말을 전한다.

2014년 11월

안도 히로시

이 책은 메이지 문명개화기에 '소설'이라는 개념을 정립한 쓰보우치 쇼요에서부터 일본을 넘어 세계인의 사랑을 받고 있는 무라카미 하루키, 전후 민주주의의 기수로 일본 문단에 커다란 족적을 남긴 오에 겐자부로에 이르기까지 일본 근현대문학의 계보를 망라하고 있다. 일본 최초의 근대소설이라고 알려진 후타바테이 시메이의 『뜬구름』이 1887년에 간행되었으니 얼핏 계산해도 140여 년 가까운 세월이 흐른 셈이다. 그동안 얼마나 많은 작가와 작품들이 등장하고 또 사라져 갔을지 짐작조차 어렵지만, 그 모든 것을 기억하고 기록하는 것은 불가능에 가까울 것이다.

그런 점에서 이 책에 수록된 작가와 작품들은 '문학사'라는 격식 있는 옷이 주어진 매우 선택받은 존재들이라고 할 수 있다. 뿐만 아니라, 일본은 물론 한국에서도 일본 관련 학과 대부분이 '일본 문학사'라는 타이틀이 붙은 강좌를 개설하고 있고, 일본어 교사 임용시험에서도 문학사가 차지하는 비중이 적지 않은 등, 문학사는 학교 교육이라는 제도권 안에서도 확고한 자리를 차지하고 있다.

이때 주의해야 할 것은, 무릇 '역사'란 승리한 쪽의 기술이기 쉽고, '문학사' 기술 역시 그것으로부터 자유롭지 않기 때문에 끊임없이 '재심再審'의 대상이어야 한다는 사실이다. 이 책은 '문학사'라는 옷을 걸치지 못한, '문학사' 밖에 자리하는 '또 하나의 문학'의 중요성에 대해서도 놓치지 않고 있다. 이를테면, 우리 한국인재일을 비롯해 오키나와인, 타이완인 등 그 시공간에 틀림없이 존재했을 이들의 이야기와 역사가 그것이다. 이 책에 소개된 오시로 다쓰히로의 『칵테일 파티』뿐만 아니라 많은 오키나와 소설이 일본인과 조선인, 오키나와인, 타이완인, 그리고 미국인을 함께 등장시키는 이유이다.

메이지, 다이쇼, 쇼와, 그리고 지금 현재의 일본과 일본인을 비추는 가장 투명한 거울이 문학이라면, 그 안의 무수한 등장인물이야말로 그 시대의 가장 신뢰할 만한 증언자이다. 지금 이 순간에도 소설은 계속해서 탄생하고 있다. 그리고 그 등장인물들은 '문학사' 기술에 그치지 않고 앞으로 전개될 시대의 중요한 증언자가 되어 줄 것이다.

이 책을 한국어로 번역해 소개하고자 마음먹은 것은 일본 근대소설의 흐름을 알기 쉽게 풀어쓴 것도 있지만, 기존의 문학사가 외면하고 누락시켜 온 이들의 존재를 두루 시야에 넣고자 하는 시도가 돋보였기 때문이다. 그들에게 할당된 지면이 적은 것은 아쉬운 부분이지만 일본 중심의 문학사 한 귀퉁이에 비좁게나마 자리를 얻었으니 이제 그들의 목소리에 귀 기울일 준비는 된 셈이다.

이 책은 일본 근대소설을 읽기 위한 입문서이기도 하지만 한국을 비롯한 동아시아 여러 나라의 소설로 안내하는 길잡이 역할도 겸하고 있다. 모쪼록 한번 읽고 덮어 버리는 것이 아니라, 곁에 두고 언제든 펼쳐볼 수 있는 친숙한 책이길 바란다.

2023년 4월의 봄에

손지연 씀

찾아보기

인명

작품명